今まで頑張ってきた私が悪役令嬢？
今さら貴方に未練も何もありません

Characters
ハインスリード・サイドメア
大公令息で王位継承権を持つ。ロマンチストで優しく、文武両道で努力を怠らない。傷心だったリリーシャを労り、熱心に口説く。
リリーシャ・エイブレム
公爵令嬢で王子の元婚約者。常に落ち着いており、明るく社交的で物事ははっきりと言う性格。好きな人には一途。

ケイニード・エイブレム
リリーシャの父親。
国の宰相を務めており、
ハインスリードの父である
大公とは旧知の仲。
アルド・エイブレム
リリーシャの兄で妹思い。
年の離れた妹が
可愛くて仕方ない。
次期宰相候補。
ルドゥーベル
国の第一王子。
我がままで自分本位、
自信過剰な性格。
甘やかされて育つ。
サラ
小説の中の設定が
現実の世界だと
本当に思っている。
ある意味純粋な少女。

プロローグ　婚約破棄されても

私は今、小高い丘に来ている。ここはお父様から教えてもらった秘密の場所。

芝生の上で横になって空を眺める。淑女教育や王太子妃教育の先生に見られたらすごく怒られそうだけど、誰にも見られていないし、もう他人の目を気にする必要もない。

「真実の愛か……」

私だって愛されたかった。喩《たと》え政略結婚だったとしても、私は大好きだったのになぁ。

芝生の上をゴロゴロしたあと、うつ伏せになり涙を流した。声を出さず泣けるようになったのはいつだったか……、泣いている姿を見られないように泣く癖がついたのはいつだったか……

私の名前は、リリーシャ。エイブレム公爵家の長女。お父様、お母様、二人のお兄様、そして私の五人家族。どうしても女の子が欲しくて諦めきれないお父様がお母様に頼みに頼んで、毎日毎日土下座して泣いてもう一人子を産んでくれと頼んだそう……

産まれてくる子がもし男児でもこれが最後！　と、お母様は渋々（？）多分、お父様が面倒になって（？）了承したそう。

お母様が妊娠中、お父様は常に寄り添い、毎日毎日お腹に話しかけていたみたい。「女の子かなぁ？　女の子だといいなー」って……

　そんな中、産まれてきたのが私。

　お父様は待望の女児誕生で、三日三晩パーティーをしたらしいの。王都では貴族にお酒を配り、領地では領民にお酒と料理を振る舞ったらしいわ。お母様は呆れていたけど……

　お父様からは目に入れても痛くないって、それはそれは甘やかされたわ。お母様もなんだかんだ言いながら、上二人が男の子というのもあり、私の服や小物を楽しそうに選んだり、嫡男のお兄様も次男のお兄様も年の離れた妹の私を可愛がってくれたの。

　家族から、我が家の使用人達から、甘やかされて育った私は確かに我儘お嬢様になったわよね。自分で言うのもあれだけど、小さい頃の私は天使だったの、見た目も仕草も！　ふわふわした透き通るような金髪にエメラルドのパッチリお目め。いつも笑顔で、立っただけで、座っただけで、歩いただけで、走っただけで、声を発しただけで、皆から「天使のようだ。本当に愛くるしいお嬢様」と言われて育てば「この世界は私の物！」って思っても仕方がないわ。

　私が五歳の時、五歳年上のルドゥーベル王子殿下と婚約した。

　お父様は最後まで反対していたけど、王命を出されて渋々了承したの。

　王家曰く、家柄と年齢が見合う女児がいないためって言ってたらしいけど、正確にはいなかったわけではない。王妃殿下が妊娠したら貴族は競って子を作る。我が子が婚約者候補や側近になれる確率が上がるから。

　お父様とお母様は王家とのつながりに興味がないみたいで、王女殿下が産まれた時にも、王子殿下が産まれた時にも、合わせて子を作らなかった。

次期国王になるルドゥーベル王子が産まれた年、貴族も出産が相継いだ。高位貴族は婚約者や側近に……、下位貴族は侍従や侍女に……。本来なら五歳年下の私に白羽の矢は立たなかった。ルドゥーベル王子が産まれた年に公爵家、侯爵家、伯爵家にも女児が数人産まれ、その中から選ばれる予定だった。それを王家は保留にし、次の年も保留にした。

保留とはいえ、ある程度候補は絞られていた。

それでも保留にし続けたのは、筆頭公爵家である、お父様がずっと女児を望んでいたから。

ええ、賭けよ？　でも王家はお父様の執念に賭けたの。

お母様が懐妊し私が産まれ、産まれてすぐに打診があった。

お父様は五年間断り続け、それでも諦めない王家から顔合わせだけでも……と言われ、渋々顔合わせだけした。結果、私はルドゥーベル殿下と仲よく遊び、そのまま婚約者に内定してしまった。

お父様は最後まで反対していたけど、王命を出され泣く泣く了承した。

ルドゥーベル殿下が成人した十六歳の時に婚約式を行い、私が成人する十六歳の時に婚姻式を行う予定になっていたの。

当初の予定では半年後の私の誕生日に婚姻式を行うはずだった。

それがどうして？　私は、泣くだけ泣いた。

「レディ、もうすぐ日が暮れますよ」

突然声をかけられ、慌てて起き上がった。私を覗き込む青年と目が合う……

私は青年を警戒しつつも、「夕焼けを見に来たので」と素っ気なく返した。

「なら一緒ですね。俺もここから見る夕焼けが綺麗だとある人に聞き、その人が見ないと絶対に後悔するとお勧めするので見に来たんです。俺もご一緒してもいいですか？」

青年は窺うように私に尋ねた。

「どうぞ？」

私は手で促した。

「では失礼して」

青年は私の隣に座った。隣といっても三メートル程度は空けていたけど……

「あの……、レディは一人でここへ？」

「えぇ」

青年はくったくなく話しかけてきた。

普段なら初対面の人と話したりはしない。

相手は男性だ、この場を譲り立ち去る。

それでも私は青年と話している。あの厳しかった妃教育から解放されたからか、それとも男性と二人きりになってももう関係ないと自棄になったか。

きっと私を知らない人と話したかっただけかもしれない。

「お供とか……」

「護衛ならいるわ」

青年は辺りをキョロキョロと見渡す。

「います？」

「いるわよ、そこに」

私は馬のハリーを見た。

「馬……？　です……よね……？」

「馬ですね。それが何か？」

「護衛といったら、騎士や従者などではないかと……」

「そう？　確かに一般的にはそうかもね。でもハリーは私の護衛なの」

「え、ハリー？　馬の名前ですか？　俺には見えないハリーがいるとか？　え？」

青年はきょとんとした顔をして辺りを見渡している。

「ハリーは馬の名前よ。ハリーは強いの。そして賢い子なの」

「へぇ、そうなんですね……」

「信じてないわね！」

「あっ、いえいえ……」

青年の表情から疑っているのが見て取れた。

確かに護衛といったら誰もが騎士を想像する。私だって護衛と言われたら騎士だと思う。それでも私にとってハリーは立派な護衛。

「ハリーは私が幼い頃、攫われそうになった時、相手に体当たりして私を咥えて家まで連れ帰ってくれたのよ！　それに、私を追いかけて迎えに来てくれるわ。信頼も安心もできる護衛なの」

「すごく賢い子なんですね」

「そうなのー」

ハリーが褒められたのが嬉しくて、笑顔で答えた。

日が暮れ始め、夕焼け空が茜色に染まる。

それを二人で無言で眺めていた。

お父様が言っていた通りね。「丘から見る夕焼けを見ていると嫌なことを忘れられる」少しだけその気持ちがわかる。綺麗な景色を見ていると心が洗われるもの。

王都の街並みも茜色に染まり、今私は夕日に照らされている。その暖かい色合いに包まれる私も雄大な景色の一部。そう思うとこの悲しい気持ちがとてもちっぽけに感じる。

だって私はこの夕焼けが綺麗だと思える。その感情がまだ残っているんだから。

「じゃあ、私はお先に失礼するわね」

私は立ち上がり、ハリーの元へ歩き出した。

「あの、レディ、明日もここに来ますか？」

青年が話しかけてきて、私は立ち止まり振り返った。

「多分ね。何もすることはないし。あと、さっきからレディレディってやめてくれる？　私はリリーよ。それにきっと貴方の方が年上でしょ？　気軽に話して」

「あっ、ごめん。リリー、明日もここに来れる？」

「ハリー次第だけど」

青年はハリーの元へ歩み寄り、ハリーを撫でながら聞く。

「ハリー、明日もリリーを連れてきてくれるかい？」

「ぶるるるるる」

「ありがとう。よろしくね」

青年は私の方へ向き直った。

「気をつけて帰ってね」

「貴方もね」

私はハリーに跨がり、「じゃあね」と青年に声をかけ手を振った。

「じゃあ、明日。あ！　俺の名前をまだ教えていなかったよね？　俺の名前はアーサーっていうんだ。アーサーだよ？　覚えておいてね？」

アーサーという名の青年は笑顔でずっと手を振っている。

変な人……

馴れ馴れしくて警戒しないといけないんだろうけど……。そこまで嫌悪感は抱かなかった。あの優しそうな雰囲気？　ハリーを褒めてくれたから？　きっと人畜無害そうなあの見た目のせいね。

そんなことを考えていたらいつの間にか邸に着いていた。

ハリーを厩まで連れていき、軽くブラッシングしていたら、ハリーがスリスリと顔を近づけてきた。

「ハリー、私は大丈夫よ」

「リリーシャお嬢様ー」

邸からメイドのミレが叫びながら走ってきた。

ミレは私より五歳年上でお姉さんのような友達のような存在で、とにかくとても仲がいいの。それに物事をはっきり言ってくれるところが私は気に入っているわ。

「ミレ、ただいま」

「はぁ、はぁ、はぁ、お嬢様、はぁ、お帰りなさいませ。はぁ」

「ミレ、大丈夫?」

「はい。もう大丈夫です。お嬢様も大丈夫ですか?」

「まぁ、何とかね」

私は苦笑いをした。

「しばらくゆっくりしてくださいませ。今までが忙しすぎたんですから」

「そうね。そうするわ」

「そうしてください。さぁお嬢様、湯浴みをいたしましょう」

「服を着替えるだけでいいわ」

「髪に芝生が付いていますよ? 旦那様の泣き落としに耐えられるのであれば、無理にとは言いませんが……」

「お父様の泣き落としは嫌よ！　ミレ、先に湯浴みをするわ」

「はい。その方がよろしいかと。すでに準備はしてあります。さぁ、急ぎますよ！」

ミレやほかのメイド達数人に手伝ってもらい、急いで部屋の浴室で湯浴みを済ませる。夕食には何とか間に合ってお父様の泣き落としは回避できてよかったわ。泣かれたら手に負えないもの。

芝生が髪の毛に付いているだけではお父様はきっと何も無茶は言わない。丘に行ったのか？　綺麗な夕焼けだっただろう、きっとそれだけ。それでも何のきっかけで泣き落としの手を使ってくるのかわからない。

この前なんて家族で食事をしている時、隣に座っていた次兄が「リリー、お前トマト苦手だろ、残りは俺の皿に入れてもいいぞ」って言ってくれたから、そっとお兄様のお皿に載せたの。そしたらお父様の泣き落とし……。「お父様がリリーのトマト食べたかったなぁ。お父様もトマト好きなのになぁ。全部残したらお父様も注意するけど、半分以上食べたんだから怒らないのになぁ」って。結局「リリーがお父様の膝の上に座ってくれたらお父様嬉しいなぁ」と言われ、お父様が離すまで膝の上に座らされたわ。だから全力でお父様の泣き落としは回避したいの。

丘でのことをいろいろ聞かれても困るし。たまたまいい合わせただけとはいえ、相手は男性。素性もわからない男性と一緒だったなんて知られれば……、考えたくもないわ。

第一章　新たな婚約者

不思議な青年と出会った翌日、私は昼からハリーと丘に来た。

芝生の上に寝転がり、空を眺める。曇が流れるのをただただじっと見つめる。

「リリー？」

アーサーの声に上半身を起こした。

「アーサー」

「来てくれてよかった。ハリー、ありがとう」

「ぶるるる」

アーサーはハリーを撫でている。

「ハリーは本当に賢い子だね」

「そうなの！　ハリーは強くて賢くて美男子よ」

「美男子？　雄？　ハリーって雄なの!?」

アーサーは驚いた顔をして大きな声を上げた。

「そうよ？　そんなに驚くこと？」

「雄馬は気性が荒いし、女の子が乗っているから雌馬なんだと思っていたよ。でもだからか、雌馬にハリーって名前は変だなとは思っていたけど、雄馬なら納得だよ」

アーサーはウンウンと納得している。

「まぁ、普通なら雌馬に乗るわよね。でもハリーは絶対に私を落としたりしないの」

「ハリーからしたら大事なお姫様なんだろうね」

「うーん、お姫様というよりも妹？　その方がしっくりくるわね。ハリーはお兄様よりもお兄様らしいもの」

「そ、そうなんだ……」

私達は並んで座った。昨日よりは少しだけ近づいた距離。

今日もしばらく夕焼け空を見てアーサーと丘の上で別れた。


アーサーと初めてここで会った日から一週間、毎日この丘でアーサーと会っている。

約束をするわけではないけど「また明日」、帰る時そう言われると私を待っていたら悪いかな？と思い、どうせ暇だし？　夕焼けを見たいからと理由をつけては毎日丘に来ている。

アーサーと話すのは楽しい。本当にたわいもない話しかしていないけど、それすらする相手がいなかった私には新鮮だった。私が話す時はきちんと話を聞いてくれるし、それに、アーサーの話し方は聞いていて苦にならない。怒った口調でもないし、話す速さが聞きやすい、のかな？

アーサーは感情を隠さず嬉しそうに楽しそうに話す。困った時や焦った時もよ。表情がころころと変わって、聞いている私にもその時の彼の気持ちが伝わる。だから私は毎日アーサーの話を聞くのが楽しみでここに来ているようなものなの。

それに名前しか知らないから気楽に話せるのかもしれない。それこそアーサーに話す言葉遣いを先生方が聞いたら倒れちゃうわね。

もちろん警戒はしているわ。でも、ハリーがアーサーを警戒しないから、それが一番危険を感じない理由かも。

それに、平民が着るには上質な生地の服を着ている。どことなく立ち振る舞いが紳士的。きっとアーサーも私と同じで身分を隠して一人の時間をここで過ごしているんだろう。

もし彼が貴族だったとしても、お互い身分を明かしていないから私は私でいられるし、きっとアーサーもアーサーでいられる。

でも、貴族にアーサーという青年はいないはず。だから、もしかしたら平民でも良家の子息なのかもしれないわね。

今日も丘の上で夕焼けを見るためにアーサーと並んで座っている。

まだ夕焼けには早い時間。いつものように話をして過ごしている。

でも今日のアーサーは何か落ち着かないのか、そわそわ？　している。

それにさっきから何度も私をチラチラと見てくる。

「アーサー、さっきから何？」

「ねぇ、リリー、聞いていいのか悪いのか……」

「何？」

「うん……、初めてここで会った日、リリーは泣いていたよね？」

「え？　アーサー、貴方いつからいたの？」

「リリーが芝生の上をゴロゴロしてた頃からかな？」

「そんな前からいたの？」

「ごめん、出ていくタイミングがね……なくて……、ハハ……」

「そう……ね……」

夕焼けを見に来たらゴロゴロと転がる変な女性がいた。

誰だって少し様子を見るわ。この子は何をしているんだろうって観察するわよね。

「聞いても、いい？　どうして泣いていたの？」

「まぁ、いろいろあったのよ。いろいろね……」

私は遠い目をした。本当にいろいろあった。一言では言い尽くせないほどに。

「そっか……」

「うん……」

「泣きたくなるほど悲しいことがあったんだね」

「悲しいこと……そうね……」

私は俯いた。

「リリー、溜め込むのはよくないよ？　全部吐き出した方がいい」

アーサーの真剣な声で私を心配して言ってくれているのだとわかった。それでも私は顔を横に振る。喩《たと》え誰かに聞いてほしいと思っていても軽率には言えない。

家族や仲がいいミレにだって言えない。言えば苦しむのがわかっているから。王命を受けざるを得なかったとしてもお父様は自分を責める。どうして自分の娘を王子の婚約者にするのが嫌だともっと強い意志表示をしなかったのかと。それにミレは自分のことのように悲しみ苦しむ。それがわかるから私は自分の心の中に秘めた。

「俺は今から木になる。そこに生えている草になる。リリーは独り言を呟けばいい。それを咎める人はいないだろ？　だから全部吐き出しなよ」

アーサーの優しい声に促されるように私は重い口を開いた。

「婚約を突然破棄されたの……悲しかったわ。それに辛かった。今までの努力や頑張りを無にされたわ。十年よ、十年。友達を作ることもできなかった。走ることも、声を出して笑うことも泣くことも、何もかもできなかった。全部我慢して頑張ったの。いずれ来る未来のために……。恥ずかしくないように、心も殺して頑張った。自分のために……相手のために……、我慢も我慢できたわ」

「…………………」

アーサーは本当に何も言わず私の話を聞いてくれている。

「私の努力を返して！　私の十年を返して！」

私は婚約破棄をされてから初めて自分の気持ちを声に出した。

それは悲痛の叫びのような怒号のようになって、感情的に大きな声を上げた。

でもそれが私の気持ち。幼い頃の十年は長い。

少し離れて座っていたアーサーは隣に片膝をついて座り、私の背中をトントンと優しく叩いた。

「リリー、泣いていいんだよ」

私は顔を横に振る。

「リリー、誰にも見られていない。俺も見ていない。だから大丈夫だよ？」

涙が頬を伝い、次から次へと溢れ出た。

「リリー、悲しかったね。辛かったね。リリーの努力は無駄にはならないよ？」

アーサーは優しく私に話しかける。

「リリー、笑いたい時は笑えばいいし、泣きたい時は泣けばいい。声を出していいんだよ？」

私は再び顔を横に振った。

「リリー、声を出して笑えば楽しさが増える。声を出して泣けば気持ちがスッキリするよ。俺はそう思う。それに今は俺とハリーと俺の馬しかいない。誰にも文句は言われない。いいんだ。声を出して泣いても叫んでも、いいんだ。そうだろ？」

アーサーの優しい声が、温かい背中の手が、私の涙を誘う。

ポロポロと次から次へと涙が溢れ出てきた。

「うわぁぁぁん、うわぁぁぁん、うわぁぁぁぁん」

私は何年振りかに声を出して泣いた。

「私は王妃になりたかったわけじゃない！　ルド様と一緒にいたかっただけなの！　ただ愛してほしかっただけなの！　私を見てほしかっただけなの！　うわぁぁぁん、うわぁぁぁん、うわぁぁぁぁん」

私はアーサーの前で泣き叫んだ。

アーサーは優しく背中を撫でてくれていた。私が泣きやむまでずっと……

どれだけ時間が経ったんだろう。

自然に涙も枯れて、今度は恥ずかしくなった。

「アーサー、ごめんなさい」

「何が？」

「泣き叫んで？」

「スッキリしただろ？」

「うん」

「ならよかった」

アーサーの安堵した声に私も安堵した。

それにアーサーの言う通り声を出して泣いたらスッキリした。心に残っていたしこりが流されたような……

「ありがとう」

「どういたしまして？」

「それで……今度は恥ずかしくて……」

アーサーが私の顔を覗き込む。

「顔、真っ赤だ」

「ちょ、ちょっと！　恥ずかしいんだから見ないでよ」

「お！　ちょっと元気になった」

「ふふっ、そうね。ありがとう」

「リリー、何があったの？」

「…………」

「俺には話せない？　誰かに聞いてもらうと心が軽くなるよ？」

アーサーが興味本位で聞いているのではないとわかっている。本当に私を心配して言ってくれているると。

でも……

「さっき、王妃とかルド様とか……、リリーはルドゥーベル王子の婚約者だったの？」

私はアーサーを見つめた。アーサーのまっすぐ私を見つめている瞳に、なぜか話してもいい気がした。アーサーは誰にも言わない、彼ならきちんと聞いてくれる、そう思った。

「そうなの……。私はルドゥーベル殿下の婚約者だったの。聞いてくれる？」

私、リリーシャはこの国ペープフォード国の王子ルドゥーベル殿下と、殿下が十歳、私が五歳の時に婚約した。

高位貴族では五歳頃から家庭教師を付けて少しずつ、淑女としての嗜み、マナーやダンス、この国の歴史など、王立学院に入学するまでに一通り勉強をする。

王立学院では勉強ももちろん学ぶけど、どちらかと言えば二年間かけて交流するのが目的だ。令嬢の中には通わない者もいる。家庭教師が推薦状を書けば卒業証明証は貰える。成人する十六歳になればすぐに婚姻する令嬢も少なからずいるからだ。

本来なら公爵令嬢として恥ずかしくないように、十年かけて家庭教師から学び、学院に通う予定だった。それが殿下の婚約者になり、いずれ王太子妃、王妃となるべく、耐えがたいほど厳しくなった。

貴族が相手をするのは貴族。王族が相手するのは他国。間違いや失礼があった場合、最悪、国が滅ぶ。戦争になる。

私は王家から派遣された家庭教師と公爵家の離れで朝から夕方まで一日中勉強した。カーテシーから始まり他国の挨拶、歩き方から、カップの持ち方、飲み方まで。

五歳の子に対する厳しい指導にお父様もお母様もお兄様達まで反対した。

せめて十歳になるまで待ってくれと何度も何度も王家に打診した。

日に日に笑わなくなる私を、日に日に食が細くなる私を見て、「私の娘を殺す気か！」とお父様は何度も何度も訴えた。

王命であろうと不敬と言われようと、婚約は白紙に戻してもらうと。

「王子妃にさせるために子を作ったんじゃない！　だからわざわざ五年も空けた！　私が娘が欲しかったからだ！　王子と同じ年に産まれた令嬢がいくらでもいたはずだ！　どうしてそこで決めな

かった！」

お父様が何度も何度も訴えた結果、条件付きで教育を行うことになった。

午前中の一時間は家族と過ごす。午後からはお昼寝の時間の確保。

お父様もお母様もお兄様達も納得のいく条件ではなかったけど、少しでも心の休まる時間を家族と過ごす時間を確保できた。

王家から派遣された先生方から最初に言われたことはこうだ。

「声を出して笑ってはいけない。声を出して泣いてはいけない。泣いてる姿を誰にも見られてはいけない」

王太子妃、王妃は表情ひとつ、仕草ひとつ、常に誰かに見られている。隙を見せてはいけない。常に笑顔を貼り付け、相手を観察しないといけない。堂々とした態度で品位を持ち、笑顔で他国と対等に渡り合う。

言うのは簡単だけど、実際やるのは難しい。笑顔も作り笑顔とわかられてはいけない。自然に微笑まないといけない。それを何時間も保たせる。会話の中では相手の腹を探り、自分の国が有益になるように持っていかないといけない。

たった五歳の少女には難しい話だった。まだ走り回りたい歳で、笑ったり泣いたり怒ったり、感情が顔に出る歳だった。

ただ一度会って遊んだだけ。私からすればお兄様と遊ぶ感覚だった。同じ歳の令息令嬢とのお茶会始めもまだ済んでいない少女にとって遊び相手はお兄様とお兄様のお友達だった。その延長と思っていた少女に課せられたのが王太子妃、ひいては王妃だった。

幼い少女はゆくゆくは王太子妃になるために同じ歳の令息令嬢との接点を奪われた。だから交流はおのずとルドゥーベル殿下だけになり、優しくされて慕うようになった。

わけもわからず厳しい淑女教育を受け、難しい国の歴史、他国の歴史、他国の言葉、他国の礼儀作法、できないと言えば手を扇子で叩かれ、「できないなら寝る間も惜しんでできるようにしなさい」と言われる。それでもお慕いするルド様のために頑張った。

幼い頃は公爵家で学べた教育が、王太子妃教育、王妃教育と進むにつれ王城に学ぶ場が変わった。

朝から王城へ行き、終わるのが夕方。遅い時は深夜近くなる時もあった。

ルド様は朝と帰り、馬車から部屋へ、部屋から馬車へ必ずエスコートしてくれた。

その時にルド様と話す時間が私を奮い立たせた。ルド様の隣に立つために、と。

王太子妃教育、王妃教育を指導していただいた先生方から、

「あとは婚姻してから国の重要機密を教えるだけになりました」

と言われた。

「学院に通わずとも、卒業できるだけの学力、能力、淑女の嗜み、すべてに秀でているため、卒業証明の推薦状を書きますから、少し休養なさい。長い間よく頑張りました」

優しい笑顔でそう言われた時は涙が出た。

ルド様のために頑張った努力がようやく報われたと。

ようやくルド様を支える力を得たと。

ようやくルド様と婚姻できると。

この頃、側にはルド様しかおらず、ルド様のためならどんな苦悩も苦痛も乗り越えられると決心していた。

そう、私にはルド様だけがすべてだった……


「リリーシャ、お前みたいな悪役令嬢とは婚約破棄する！　私は真実の愛に目が覚めたのだ！　お前みたいに性格が悪く人を貶めることしか考えてないようなやつより、心優しく私が愛するに相応しい愛するサラを私の婚約者にし、王太子妃とする。まぁお前がどうしてもと頼むのであれば側妃にしてやってもよい。サラには私の愛だけを受け取ってほしいからな。余計な執務はお前が側妃として代わりにやれ。サラの手となり足となり影として生きるなら、私の側にいることを認めてやらんでもない」

「まあ、ルドは優しいのねぇ」

フフンと勝ち誇った顔をする目の前の女性。

（サラ様といったかしら？　貴女はどこの貴族なのかしら？）

淑女の顔ではない、私自身の笑顔を婚約者になってから初めてルドゥーベル殿下に見せた。

「謹んで婚約破棄はお受けいたします、ルドゥーベル殿下」

「フン」

私はルドゥーベル殿下の前から去り、馬車に乗って邸に帰ってそのまま自室で泣いた。

夜中になり、まだ起きていたお父様の書斎に向かい扉を叩いた。

コンコンコン。

私は扉を開け、顔を覗かせる。

「お父様？」

書斎でゆっくりくつろいでいるのは私のお父様でエイブレム公爵家当主、ケイニード・エイブレム公爵。

少し疲れた顔をしている。それでもお父様に今から伝えないといけない。

「リリー、どうした。こっちへ来なさい」

お父様は優しい顔で微笑み、手招きした。私を膝の上に乗せ、髪を優しく撫でてくれる。

「リリー、こんな夜中にどうしたんだ？　眠れないのかい？」

お父様の優しい笑顔を見ていると申し訳なくなった。優しいお父様を悲しませる話をしないといけない……

私は意を決してお父様に伝えた。

「お父様、今日ルドゥーベル殿下から婚約破棄すると言われました。申し訳ありません」

「何だと!!」

私はお父様の大きな声に驚き、体がビクッと震えた。

そうよね、殿下から婚約破棄されたなんてどんな醜態《しゅうたい》を晒したんだと怒るのは無理もないわ。お父様は野心家ではない。それでも婚約破棄をされるなんてされた方に何かしら理由がある。それに渋々婚約を了承したといっても、娘が王家に嫁ぐ、その意味は大きい。

「ごめんよ、リリー。リリーに言ったんじゃないんだ。ごめんよ？　お父様を許してくれるかい？」

お父様は泣きそうな顔で私を見ている。

(お父様は婚約破棄された私に怒っているのではないの？)

「はい」

「あぁ、リリーは優しい子だね。お父様の自慢の娘だ」

「お父様は私を叱らないのですか？　婚約破棄なんてされて、と」

「どうして俺の可愛い娘を怒らないといけないんだ？」

「殿下に婚約破棄されたからです」

「リリー、俺は渋々婚約を了承しただけだよ？　怒るとすれば婚約破棄をした殿下の方だ。俺の可愛い娘になんてことをしたんだと一発、いや二発、いやいやもっとかな、ぶん殴りたいくらいだよ」

(お父様、殿下をぶん殴ったらお父様が不敬罪で処刑されてしまいます)

お父様は冗談だけどねと笑っていたけど……。目が笑っていないから冗談ではないわね。

バタン。

「父上、どうされました」

突然書斎の扉が開き、焦った顔をして入ってきたのは私のお兄様、エイブレム公爵家嫡男のアルドお兄様。

「アルドか、何でもない」

「リリーどうしたんだ？　もう夜中だぞ？」

お兄様はお父様の膝の上に座る私に気づいた。

普段ならとっくに私は寝ている時間。

「アルドお兄様……」

「リリー、目が赤いが……」

「はあ⁉」

またまたお父様の大きな声にビクッと体が震えた。

お父様が私に怒っていないのはわかっていても、耳元で聞こえるお父様の大きな声にどうしても体が反応してしまう。

「父上、いちいち大声を出さないでください。リリーが怯えています。リリー、お兄様のところへおいで」

お兄様は腕を広げて待っている。

「アルドとてリリーはやれん！」

お父様は離さないと言わんばかりに私をギュッと抱き寄せた。

「でしたら、リリーの耳元で大声を出さないでください」

「わかった」

「それで、リリー、どうしたんだ？」

「アルドお兄様、私、今日殿下に婚約破棄をされました」

「は⁉　なるほど！　だから父上が大声を出したのですね、納得です。で、あのクズは何と言ったんだ？　お兄様に包み隠さず話してごらん？」

（アルドお兄様、顔はにこにこと微笑んでいますが目が笑っていませんよ？　それに殿下をクズって。確かにクズですが……）

私は殿下に言われたことを包み隠さずお父様とお兄様に伝えた。

「へえぇー、あのクズがそんなことをねぇー。まあ真実の愛とやらでリリーが婚約者じゃなくなるのはいいことだ。リリーの十年を返せと言いたいが、まあその分は慰謝料に上乗せだな。それよりも側妃にしてやってもよいってあのクズは何様だ！」

（お兄様、王子殿下です）

「リリーの今までの努力を無にしただけでなく、リリーに執務を押し付けるだと！　それから何だ、女狐のために手となり足となり影として生きろだと！　あのクズが‼」

（お、お兄様……？）

「父上、婚約破棄は早急に処理しましょう」

「当たり前だ、お前は誰にものを言っている。明日中に婚約破棄の処理を終わらせてやる」

「側妃は所詮口約束、何の効力もありません」

「ああ、当たり前だ」

「なら答えはひとつしかありませんね」

「ああ、リリーの新しい婚約者を早急に見つける」

お父様とお兄様は二人でどんどんと話を進め、当事者の私は唖然としていた。

「お願いします。今度はあんなクズはやめてくださいね！」

「当たり前だ。あのクズとの婚約も望んではない‼　無理矢理婚約させられたんだ‼　俺の可愛いリリーの子供時代を無にしやがったやつらには慰謝料を上乗せの上乗せで請求してやる‼」

「だから父上は大声を出さないでください。リリー、やっぱりこっちへおいで」

（お父様にギュッと抱きしめられ身動きが取れません、お兄様）

この国では王族のみ側室が持てる。

それでも王子妃と婚姻してから一年後しか持てず、打診も一年後からしかできない。

ルドゥーベル殿下が今日言った「側妃にしてやる」も、所謂口約束で効力はない。それに側妃に娶る条件は、婚姻していない者、婚約者がいない者と定められている。王族しか持てない側室だからこそ「人の幸せを壊してまで持つべきではない」と。

それらを反故にした場合、重罰が下る。

現国王陛下は王妃殿下だけで側妃は娶っていない。正確には娶ることができない。国王の側妃になるには愛だけではなれない。知性、教養、所作が優れていなければ娶ることはできない。

さらに婚姻しておらず、婚約者のいない高位貴族令嬢は少ない。何かしら問題がある者しか残っていない。下位貴族では知性、教養、所作が劣り、他国を相手する王族に嫁ぐほどの技量がないからだ。稀にいるにはいるけどそういう者はすでに婚姻しているか婚約者がいる。

はて？　サラ様は大丈夫なのかしら？

王子妃も知性、教養、所作が劣っていると娶れないのだけど……

まあ、私にはもう関係ないわね。

次の日、お父様は昨日言っていたように婚姻破棄の届け出を早急に処理した。

陛下に「考え直してほしい」と何度も頭を下げられたらしいけど、お父様とお兄様はそれを無視して処理したらしい。

あ、ちなみにこう見えてお父様はペープフォード国の宰相なの。

お兄様は宰相のお父様を補佐する宰相補佐、次期宰相よ。

陛下の子で王子殿下はルドゥーベル殿下のみ。

王位継承権は王弟殿下の御次男様も持っているけど、社交界に一切姿を見せない。

だから私もお顔を拝見したことがないの。

王弟殿下は今は大公になり辺境にいる。大公殿下は婚姻した時に王位継承権を放棄し、大公殿下の御嫡男様も婚姻した際に王位継承権を放棄した。

だから今はルドゥーベル殿下と大公殿下の御次男様だけが王位継承権を持っている。

私はお父様から、「今までが急ぎすぎたのだ。これからはゆっくり過ごしなさい」と言われ、この小高い丘に毎日来ている。


「と、いうわけなの」

アーサーは最後まで私の話を黙って聞いていた。

「努力してきたんだね」

「そうね。無駄になっちゃったけど」

「無駄にはならないさ。これからリリーがどう過ごすかわからないけど、覚えた知識はリリーの財産だし、身に付いた所作はずっと体が覚えている。リリーの一部となってこれからも活きてくるよ」

「そうかな?」

「そうさ」

「なら十年も無駄じゃなかったってことかな?」

「ああ、もちろんだよ」

アーサーの言葉に励まされて王太子妃教育は無駄じゃなかった、そう思えた。

「それでも幼い頃には戻れないわ」

ルドゥーベル殿下の婚約者にならなければ私はまた違った人生を歩めた。

でも、殿下と婚姻し王子妃になっていれば、その後悔も生まれなかった。

「リリーは何がしたかったの?」

「そうね……。思いっきり走り回りたかったし、笑ったり泣いたり怒ったりしたかった。それに友達も欲しかったわ。私、友達が一人もいないの。いずれ王太子妃になるのに、友人はいらないと言われて」

「何で？」

「王子妃、まあ王妃になったらだろうけど、一貴族に肩入れしてもいけないし、贔屓《ひいき》してもいけないからかな」

また違った人生を歩めるのなら今度は友達を作りたい。でもきっと無理ね、今さらどうやって友達を作ればいいのかわからないもの。それに公爵令嬢とはいえ、殿下に婚約破棄された私と距離は取っても友達になりたい人はいないわ。殿下の婚約者のままなら近寄ってくる人はいただろうけど。

「なら王妃様も友達がいないんだ」

「王妃殿下は私みたいに幼い頃からご婚約されてなかったから友人はいらっしゃるけど、今は表立って交友はされていないわ。王妃殿下主催のお茶会も王城で開かれるけど、それは高位貴族の夫人達を招待するから、仲がいい友人だけを呼んでのお茶会はされていないようよ」

「それは孤独だね」

「まあそうね。だから夫婦仲がよいのかもね」

王や王妃は孤独。意見に耳は傾けるけど誰かの意見に左右されてはいけない。己の意志を強く持たなくてはいけない。己の揺るぎない信念を持たなくてはいけない。

だから王と王妃は一対と言われている。お互いだけは信じられて頼れる。喩《たと》え苦手なことがあってもどちらかが補えばいい。隣で支え助け合い、そして守り合う。

王が間違えた時、それを戒めそして諭す。王妃とは王にとってそういう存在でなければならない。だから常日頃から会話をし、信頼関係を築いている。夫婦仲がよくなるのは自然な流れね。

「ああ、確かに」

「それでも王族には側近と呼ばれる人達がいるでしょ？」

「宰相とか近衛騎士総隊長とか、そういう人達？」

「そう。その人達の奥様なら親しくしてもおかしくないでしょ？　だって側近の奥様なんだもの」

「まあ、そうだね」

「近衛騎士総隊長の奥様は王妃殿下の幼馴染みで、私のお母様、私のお父様は宰相なのね、お母様とは学友らしいの。だからまったく孤独ってわけじゃないわ。時々三人で親睦を深めるためにお茶会をしているの。王妃殿下だって誰かの助けは必要でしょ？　陛下を支えるのが側近なら、王妃殿下を支えるのは側近の奥様方、親睦を深めるのは当然だわ」

一息に言ったあと、私は俯いた。

「でも私は幼い頃に婚約したから令嬢達と交流させてもらえなかったの。誰が側近になるかわからないし、誰が婚約者になるのか奥様になるのかわからないから。それにお兄様が宰相になるのはほぼ決まっているけど、お義姉様とは友達というよりも義理の姉妹だもの」

そうか、それもそうだね、とアーサーは納得した顔をした。

「私ね、本当にルド様しか側にいなかったの。だからどんなことでも耐えてきたし努力してきた。ルド様の隣に立つに相応しくなりたいって。ルド様が大好きだったの。でも婚約破棄されて、今までは何だったんだろうって思ったらその気持ちも冷めちゃった。今は誰が側妃になんてなるかー！　って思っているわ」

「そ、側妃!?」

アーサーは驚いたように大きな声を上げた。

「あれ、真実の愛を見つけて婚約破棄したとしか言わなかった?」

「ああ、そう聞いたけど……」

「側妃にしてやってもいいって言われたの。誰がなるか! って思っているわ。だってそうでしょ? どうして私が側妃にならないといけないの?」

殿下は本気で私が側妃になると思っているのかしら。喜んでなりますって?

確かに私には殿下しかいなかった。周りを遮断され固められた。家族以外では私を教育する先生方だけ。だから殿下に会えた時は嬉しかった。それが幼い頃からの刷り込みだったとしても、殿下が好きだった。だからどれだけ辛くても耐えられたし、喩《たと》え殿下の態度が素っ気なくても我慢した。婚姻すれば殿下も変わってくれると信じていたから。

私だって本当はもっと優しくしてほしかったわ。労ってほしいのではなくて私の気持ちに寄り添ってほしかった。一緒に頑張ろうって言ってもらいたかった。

でも殿下は私にそういう言葉をかけてはくれなかった……

もしそんな態度や言葉をかけてくれていたら、私は喜んで側妃になっていたのかもしれない。

「王子はリリーを側妃にして何がしたいの?」

「真実の愛の相手の代わりに執務をこなして、手となり足となり影として支えろだって」

「え? 馬鹿なの? 婚約破棄した婚約者に言うこと? それに婚約者じゃなくてもリリーは公爵

令嬢だよ、すぐに婚約の打診があるに決まっているよね？」

「私、公爵令嬢って言った？　間違ってはいないんだけど」

「いや、ほら……、そうそう、宰相が父親って言ったから」

アーサーはなぜか急に焦った顔をした。

「それもそうね」

「ハハッ、そうそう」

笑ったあと、彼はふうっと息を吐いていた。どうしたのかしら？


アーサーにすべて話した翌日、今日も小高い丘に行こうとしたらお父様に呼び止められた。

「リリー、お客様が来るから今日は家にいなさい」

「わかりました……」

お父様が家にいるってことは大事なお客様。きっともう婚約者を見つけてきたのよね……

まだ婚約って気分じゃないんだけど……

アーサー、待ってるかしら……。私が行かなかったら帰るわよね。

私は部屋に戻り、憂鬱な気分でいた。

メイドのミレが「旦那様がお呼びです」と私を呼びに来て、お父様が待つ書斎に向かった。

書斎の扉の前、私は一度深呼吸をした。

コンコンコン。

「お父様、リリーシャです」

「入りなさい」

私は扉を開けて書斎の中に入る。お父様の背に隠れて見えないけど、誰か奥に立っているようだ。

「リリーシャ、ご挨拶を」

「はい。お初にお目にかかります。エイブレム公爵家長女、リリーシャと申します。以後お見知りおきを」

私はカーテシーをしたまま頭を下げる。

(早くお声かけしてくれないかしら。案外疲れるのよね)

「リリーシャ嬢、顔を上げてください」

私はカーテシーをやめ頭を上げる。聞き覚えのある声。この声は――

「アーサー？」

私の邸にいるはずもない、あの丘で今日も待っているであろう人物。

私は思わず目の前にいるアーサーの名前を呼んだ。

「アーサーがお客様なの？」

「そうなんだけど……、ごめん、リリー」

アーサーは申し訳なさそうに謝った。

「何が？」

「俺も自己紹介するよ。リリーシャ嬢、私はサイドメア辺境伯次男、ハインスリードと申します。

以後お見知りおきを」

「え？　大公殿下の御次男様？」

「ああ」

「失礼いたしました。ハインスリード殿下」

「リリー、やめてくれよ」

「ですが……」

大公殿下は辺境伯も兼ねている王弟殿下。大公子のハインスリード殿下に失礼な態度はできない。

「それにもうひとつ、リリーに謝らないといけない。偽名を使ったこと、ごめん。アーサーは街に出る時の名前なんだ」

アーサー、ではないわ、ハインスリード殿下は伏し目がちに顔を逸らした。

街に出る時に偽名を使うことがあるのは私も知っている。貴族だと身元がわからないようにするためだと。誘拐などの犯罪を防ぐためにも街へ出掛ける際には偽名を名乗り、服装も平民らしく偽装する。もちろん貴族として街へ出掛けることもある。街へ行く用途によってそれらを使い分ける。

ただ、私は街へ出掛けたことがないから偽名の使用に馴染みは薄い。

それでも身を護るためにも、街に溶け込むためにも、偽名を使ったからと彼を咎めるつもりはない。

「はい、わかりました。お気になさらずとも」

私の言葉を聞いたハインスリード殿下は私をまっすぐ見つめる。

「リリーシャ嬢」

「はい」

ハインスリード殿下の真剣な声に私は背筋を伸ばした。

「私と婚約してほしい。私の婚約者になってはくれないだろうか」

突然の申し出に私は驚き、言葉を失った。

「あの……」

「嫌かい？」

「いえ……」

「殿下、少々お待ちいただけますかな？」

私が返事をためらっていたからか、少し離れた場所で見守っていたお父様が口を挟んだ。

「エイブレム宰相、ああ構わない」

「リリーシャ、いいかな」

「はい、お父様」

お父様に呼ばれ、私はお父様を見つめる。

「リリーシャが嫌だと言うなら無理にとは言わない。だけどね、ハインスリード殿下がリリーシャを最も護ってくださる方だ。それはわかるね」

「はい」

「あの王子から、陛下から、お前を護るためにはハインスリード殿下しかいない」

お父様の強い意志が私にも伝わる。

お父様の言いたいことはわかる。陛下がもう一度婚約の王命を出すかもしれない。考えたくはないけど、婚約破棄はルドゥーベル殿下が陛下のあずかり知らぬところで勝手に行ったこと。それをお父様は早急に処理をした。

だから私には今婚約者がいない。でもそれを覆せるのが陛下。陛下がまた王命を出すとは考えにくいけれど絶対ではない。

ただ、今度こそお父様は首を縦には振らないだろう。

「それはわかりました。ですが、ハインスリード殿下はよろしいのですか？　ルドゥーベル殿下から私を守るためだけの婚約でよろしいのですか？」

お父様の意志も、ハインスリード殿下しかルドゥーベル殿下に対抗できる人がいないこともわかる。それでも私を護るためだけの婚約をハインスリード殿下に強いたくはない。

貴族の婚約は大半が親が決める。

それでも……

「あっ！　リリー、ごめんよ。これを先に言うべきだった……リリーシャ嬢、私はあの丘で会った貴女に一目惚れしました。貴女を見ていて私がお護りしたいと思ったのです。二人で話をする内に好感を抱き、ますます好きになりました。どうかぜひ考えてはくれませんか？」

ハインスリード殿下は私から目を逸らさずまっすぐ見つめている。

本当に一目惚れなのか、それはわからない。殿下の本心なのか御両親に決められたのか。

それでもお父様が私の婚約者にと選んだのがハインスリード殿下だ。王命を出せないように、ルドゥーベル殿下と立場が並ぶ唯一の人。

ハインスリード殿下の婚約者か、ルドゥーベル殿下の側妃か――考えるまでもない。

「本当に私でよろしいのですか？」

「ああ」

殿下のひたむきに私を見つめる瞳。そこに嘘は見受けられない。

「私は悪役令嬢で性格が悪く人を貶めるそうです。それでもよろしいのですか？」

「それを言ったやつは人を見る目がないね。リリーシャ嬢ほど優しくて強い人はいない。君はすべてが美しい。リリー、できれば今まで通り素で話してほしい。もし婚約を受けてくれたら俺達は結婚するんだ、俺の前でだけは飾らない君でいてほしい」

「本当に？」

殿下はいつもの丘で会っているように優しい顔で笑った。

「ああ。そのままの君が好きだ」

「こんな私でもよければ、こちらこそお願いします」

「本当だね？　もう取り消せないよ、いい？」

「はい、謹んでお受けいたします」

「ヨッシャー‼」

どさくさに紛れ、私をぎゅっと抱きしめるハインスリード殿下。

（あぁ、お父様の目が据わっているわ……）

「ゴホン！　私の可愛い娘を、否、私の愛しい娘を離していただけますかな？　抱きしめるのはまだお早い！」

（お父様、別に言い直さなくても……。それに切れ者宰相の顔が崩れていますよ？）

「すみません」

ハインスリード殿下は私を離し、お父様に頭を下げた。

「ハインスリード殿下、二、三質問してもよろしいでしょうか？」

「はい」

お父様は宰相の顔を取り戻し、真剣な顔でハインスリード殿下と向き合った。

「殿下は王子教育はお修めになりましたか？」

「はい、私も一応、王位継承権を持っておりますので」

「それでは王太子教育はいかがですかな？」

「王太子教育は受けていません。私も婚姻したら父上や兄上のように権利を放棄する予定です。それに私は万が一、何かがあった時の代わりですので、そこまで学ぶ必要はないかと」

「わかりました。ではこの質問が一番重要とお思いください」

ハインスリード殿下を見つめるお父様の顔つきが厳しいものに変わった。

「王位を継ぐ覚悟はおありですか？」

「正直に答えても？」

「もちろんです」

「五分といったところでしょうか」

「その理由をお伺いしてもよろしいか」

「ルドゥーベル殿下に国王は務まりますか？　頭の善し悪しではなく器量としてです。それに殿下が見つけたその真実の愛の女性で王妃は務まるでしょうか。他国と戦争になるような方々では王位を継ぐに相応しくない。ですが、リリーシャ嬢にはもうこれ以上負担をかけたくない。これからは平穏に暮らしてほしい。だから五分です」

「わかりました。それなら貴方は王位を継ぐべきだ。リリーシャは王妃に相応しい。そのための十年です。そしてリリーシャの十年を無駄にしたくない父の願いです」

「リリーシャ嬢は？」

まっすぐ私を見つめるハインスリード殿下と目が合った。

私も殿下をひたと見つめる。

「私はハインスリード殿下に従います」

「わかった。なら王位を継ぐ努力をしよう。リリーシャ、私と一緒にこの国を支えてくれるか？」

「はい、ハインスリード殿下のお側で」

今目の前にいるハインスリード殿下も、あの丘で会っていたアーサーも同じ人物。それは間違いない。それでも本当に同じ人なの？　と疑いたくなるくらい別人のよう。

それでも時折見せる笑顔は紛れもなくアーサーの笑顔。包み込むような優しい顔。

その顔を見るとほっとする。この人はきちんと話を聞いてくれる。他人のやるせない気持ちもわかってくれる。そして自分のことのように怒ってくれる。

私はアーサーに救われたの。過ごしてきた十年が無駄じゃなかったって。今は自分のための十年だったたって思えるようになったわ。

ここだけの話、婚約者にと言われた時少しだけ嬉しかったのよ？

貴方を好きかと聞かれたら嫌いじゃないと答えるわ。まだ好きとは言えない。

でも好感が持てる人だと思ってる。それはあの丘で貴方と過ごしたからだと思う。

次の日、王弟殿下のアンスレード・サイドメア辺境伯、つまり大公殿下も辺境から王都に出てきて、エイブレム公爵家で四人揃って顔合わせをした。

「おお、久しいなケニー、元気にしていたか？」

「ああ、お前も元気そうだな、アンスレー」

大公殿下がお父様の肩を叩き、二人は懐かしそうに見つめ合った。

「兄上も息災でいるようだな」

「ああ、少し鬱陶しいがな」

「少しじゃないだろ？」

「まあな」

お父様と大公殿下の気を許した話し方で二人が本当に親しい間柄だと伝わる。

「さて、息子から聞いたが、ハインスを王位に就かせるつもりか？」

「ああ、そうしたいと思っている」

「兄上にも王子が一人いるだろ、確かルドゥーベルといったか」

「いるぞ、あのクズがな」

「お前がそこまで言うのなら、相当なんだな」

「ああ、思い出したくもない。私の娘を蔑ろにした報いも必ず受けさせてやる」

「よしわかった。ハインスはお前に任せる。俺は辺境にいるし、こっちのことはお前に任せるのが一番だ」

「ああ、任せてくれ」

よしわかったってそんな簡単に？　王位を継ぐかどうかはまだわからないにしても、目指すのは国政に関わることだわ。簡単に即決できることじゃない。

ハインスリード殿下が目指すと決めたとしてもそれは彼の気持ちであって、父親の大公殿下は複雑な気持ちではないの？

でもきっとそうね、大公殿下から託されたのがお父様だからなのかもしれないわ。二人だけの信頼関係、きっとそうよ。

大公殿下が突然私の近くまでやってきた。近くで見ると少し迫力がある。

怖くはないの。とても優しい笑顔の方よ？　大柄だから余計にそう思うのかもしれないわね。

「で、このお嬢ちゃんが、お前が奥方に頼みに頼んで泣き落としでようやく産まれた娘か？」

「うるさい、黙れ。リリーシャ、こっちに来なさい」

「可愛いじゃないか」

「だろ？　俺の自慢の娘だ。本当ならお前の息子にもやりたくない。だがあのクズに利用されるよりはお前の息子の方がまだマシだ」

「そうかそうか。俺はお前が大事にしている愛娘を自分の娘にできるんだな？　俺は子供も男二人だからな。おまけに孫も男だ。これで娘が二人になる」

「辺境にはやらんぞ。王位を継げないなら俺の邸で暮らさせる。ああ、そうなれば息子はお前に返してもいいがな」

「ハハハッ、ハインス、頑張れよ」

「父上！」

それまで黙って聞いていたハインスリード殿下が焦った声を出した。

大公殿下って大雑把というか、ずいぶんおおらかな方ね。

それに、ハインスリード殿下でも父親には敵わないんだわ。

お父様達は昼間からお酒を飲み始め、私とハインスリード殿下は庭に移動した。

「父上がすまない。悪い人じゃないんだけど……」

「大丈夫よ、それは見てわかるわ」

「リリー」

「何？」

「本当に俺と婚約してくれるの？」

「ええ」

「俺のことどう思ってる？　いやなんでもない。婚約破棄したばかりの君に聞くことではないな」

「どうってまだよく知らないもの。あの丘の貴方しか私は知らないわ。でも、毎日アーサーに会いに行ってたのは本当よ？　それに好ましい男性だとも思ってる」

「本当？　……よかった。それで、その……手を繋いでもいいかな？」

「ええ、もちろん」

殿下は私の手を取りゆっくり歩きだした。

「リリー、すぐに好きになってとは言わない。言われて好きになるものじゃないしね。だからまずは俺と一緒に過ごしながら知ってほしい。それから俺を好きになってくれたら嬉しいな」

殿下は優しい顔で笑った。

今の私の気持ちが恋かはわからない。家族以外の男性に好意を向けられ、優しくされて舞い上がっているだけかもしれない。

好感を持っているのは確かだけど、それは友人に向ける感情なのか婚約者に向ける感情なのか、まだはっきりとはわからない。それでも婚約者がアーサーだと知って嬉しいって思った気持ちは大事にしたい。この感情が何なのか、いつかわかる時がくるだろう。

それでも縁あって婚約者になったんだもの、今度こそ仲よくなりたい。

「わかったわ。ねえ、私は何て呼べばいい？　アーサーはだめよね？」

「ハインスでもリードでもハリーでも、好きなように呼んでくれて構わないよ？」

「ハリーだと面倒よね？」

「君の護衛に怒られちゃうよ」

「ふふっ、ハリーは怒らないけど、遠乗りした時にどっちを呼んでいるかわからないのも困るわ。うーん……ハンスはどう？」

「いいよ。でもどうしてハンスなのか聞いてもいい？」

「別に理由はないの。ただ誰にも呼ばれていない呼び方がいいなと思っただけよ？」

メイドのミレが言っていた。二人だけの愛称で呼び合うと幸せになれるって。その呼び方はどんな風に呼んでもいいらしい。

恋人同士の秘密の暗号のようなものらしいわ。特別な関係、それをお互い実感するって。

ミレはどこからそういう話を聞いてくるのかわからないけど、平民の間で流行ってる話を教えてくれるの。街に行ったことがない私には新鮮な話ばかり。今まで家と王城の往復だけだったのが変だったんだけど。

「なら俺もリリーじゃなくてリシャって呼ぼうかな？」

「別にいいけど、どうして？」

「リリーだと君のお父上と一緒の呼び方だろ？　俺だって俺だけの呼び方で呼びたい」

ハンスは少し拗ねたような不貞腐れたような顔をした。

「ふふっ、ならハンスにはリシャって呼んでほしいな。呼んでくれる？」

「リシャ」

　ハンスは照れながら私を呼んだ。

　二人だけの愛称で呼び合うと一気に仲よくなった気がした。

　それに今まで誰にも呼ばれたことのない呼び方に少し胸がドキっと高鳴った。

「それよりハンスは本当によかったの？」

「ん？　何が？」

「王位を目指すことよ。お父様はああ言ったけど私、別に王妃になりたいわけじゃないの」

「そうだね、知っているよ」

「今さら過去は戻らないでしょ？　確かに走り回ったり友達作ったりしたかったわ。それでももう戻れない。それに今はどうあれ、その時々の努力はルドゥーベル殿下のためだと思っていたから、そこまで苦ではなかったの。だからハンスが無理する必要はないの」

　私は王妃になりたかったのではなく、ルドゥーベル殿下の妻になりたかっただけ。もちろん殿下は陛下の一人息子だから王太子となり、王になる人。そんな人の妻になりたいならそれ相応の教育が必要だ。だから私は頑張ってきた。

　でも、ハンスが目指したくないのに無理矢理目指そうとするのは嫌だ。そんなの私は望まない。

「リシャは優しいね」

「そんなことないわ」

「でもね、俺はこのペープフォード国が滅びるのだけは避けたいんだ。真実の愛が駄目なんじゃない、愛も大事だと思うよ。でもね、他国と渡り合うには愛だけでは駄目なんだ。知性、教養、所作すべてに秀でてないと。リシャの話では殿下はリシャにそれらをやらせようとしてる。殿下もわかってるんだ、その真実の愛の女の子では無理だと」

ハンスは立ち止まり、真剣な顔で私を見た。

「でもね、王妃は王妃だし側妃は側妃なんだよ？　役割が違う。執務はできるけど他国の来賓を招いたパーティーには側妃は参加できない。王妃を差し置いて側妃を参加させるなんてできないだろ？　その時何か失敗すれば戦争の火種を起こす。殿下が考え直して新たな婚約者を選ぶなら俺はそれでいいと思う。その女の子を愛妾に迎え入れればいいだけだろ？　だけどこのままその女の子を婚約者にするなら俺は王位を奪いにいくつもりだ。それはリシャのためじゃなく国を救うためにね」

「そう、それだけ国を想っているのね。安心したわ。ならいいの」

「その時はリシャも俺に力を貸してくれる？」

「当たり前よ」

こうして私は二歳年上のハインスリード殿下と婚約した。

婚約した次の日、私は今、王城の謁見の間にいる。お父様と大公殿下、ハンスも一緒。

陛下が入室され、その後ろにはお兄様が控えている。

「おお、兄上！　息災か！」

大公殿下が朗らかに陛下に呼びかけた。

「どうしたアンスレード」

「兄上の息子が婚約破棄したそうだが、優秀な息子はやっぱり違うな、兄上？」

「あ、ああ」

（大公殿下でも嫌味を言うのね）

「おまけに優秀な婚約者ももういるとか、流石、兄上の自慢の息子だ」

「…………」

（あぁ、これは嫌味を通り越して馬鹿にしてるわね）

「でだ、うちの息子もようやく婚約するらしい。まあいつまでも遊んでいられても困るしな」

（これはハンスに対する嫌味ね……。ハンスも苦笑いしてるわ）

「そこでな、兄上！」

「……何だ」

「ここに印をくれ！」

「……は？」

「ちょちょっと印を押すだけだ！　兄上にしかできない仕事だぞ。早く押してくれ」

「わかった、わかったから」

ポン！

（大公殿下って陛下よりも強いのね。おまけにちょっと陛下を、馬鹿にしていない？　っていうより陛下、貴方今何も見ないで印押しましたよ？　今回は何も見ずに押してくれてよかったですけど、これが重要な書類だったらどうするのです？）

「兄上、まだだぞ！」

「何だ、まだあるのか？　まったく騒しいやつだな」

「これにもちょちょっとよろしくな」

ポン！

「流石、兄上だ！」

（あらあら、陛下また見ずに……。一回目はハンスと私の婚約証明書の陛下の印。二回目はハンスの王太子教育の許可書の陛下の印。あとで何を言ってももう通用しませんよ？）

「兄上、ありがとな！　これで息子も婚約者ができたよ」

「そうか。で、誰が婚約者になったのだ？」

「兄上、この場に誰がいる？」

「リリーシャ嬢だが……。え？　リリーシャ嬢なのか？」

「反対にリリーシャ嬢でなければ、なぜ連れてくる」

（それもそうね。私がハンスの婚約者でなければどうして私がこの場にいるの？　ってなるもの。どれだけお父様と大公殿下の仲がいいといっても、流石に私が付き添う義理はないわ）

「それもそうだが……」

「彼女に婚約者はいなかったんだから、問題はないだろう、なあ兄上？」

（あぁ、圧がすごすぎるわ。陛下が若干引いてる……）

「あ、ああ。そうだな」

「今はすでに息子の婚約者だがな。ハハハッ」

「そ、そうか」

「どっかの優秀な王子が婚約破棄してくれたおかげで、こちらはよい縁を得たよ。まあ息子のべた惚れなんだがな」

「あ、ああ、そうか」

陛下は気まずそうに苦笑いをした。

「なあ、兄上」

「な、なんだ」

「リリーシャ嬢はもう俺の娘だ、だろ？」

「あ、ああ、そうなったようだな」

「俺の娘を傷つけてまで選んだ女は、この国を任せるだけの器が本当にあるんだよなあ？」

（圧が……。私まで倒れそうだわ。大公殿下、顔は笑っているけど目が、獲物を捕らえる獣みたい……）

そっと繋がれたハンスの手にとても安心した。「大丈夫」って言われているみたい。

「…………」

（陛下が無言になったわね。あぁ、ついに目も背けちゃった。陛下の敗北ね……）

「まあいい。代わりはいるしな」

「…………」

陛下は大公殿下をキッと睨んだ。

「兄上、この国を潰すようなことがあれば、俺は兄上を潰すぞ。俺が王弟であるのを忘れるな」

大公殿下の本気の怒気が辺りをピリッとさせた。

(私に向けられてないとわかっていても正気で立っていられないわ。私、震えてるもの)

肩を寄せられ、私を護るようにハンスが私を抱きしめた。

(護られるって安心するのね)

今までは自分で自分を護るしかなかった。震える足を踏ん張り顔を作って……。頼れる人がいなかった。ルド様は私を護ってはくれなかった。

(でもこれからはハンスに頼ってもいいのよね……。ハンスもお父様もお兄様までも平気な顔をしているわ、改めてすごいのね……。どうしてそんな涼しい顔ができるのかしら)

「わかっている」

「ハハハッ、兄上、心配するな。兄上の目が曇らなければ俺は兄上の忠実な臣下だ、ハハハッ」

「ああ、わかっておる」

「兄上、今日は久しぶりに兄弟で飲もうぞ」

「そうだな。その時間は取れるのか？」

大公殿下は大丈夫だ、と笑ってお父様に目を向けた。

「ケニーもだぞ」

「また今日も酒盛りか？」

お父様はやれやれと両手を挙げる。

「おお！　久しぶりに会えた兄弟達ではないか」

「仕方ないか」

お父様のお母様、私のお祖母様は大公殿下に一時お乳をあげていたそう。

お祖母様は大公殿下が産まれた年に、自らの産まれたばかりの子を亡くした。大公殿下の乳母のお乳が足らずお祖母様がその分を飲ませていたとか……。よくお乳を飲まれるお子だったのね。

確かに大柄だもの。きっと赤ん坊の頃から大きかったのだろう。

ハンスも背が高く逞しい体付きではあるけど、大公殿下に比べれば細身。

だけど王都に住む貴族より逞しいのは間違いないわね。


謁見の間を出た私達は小声で話し合う。

「あれだけ脅しておけば十分だろ、な？　ケニー」

「ああ、よくやった、アンスレー」

「だろ？　ああ、今日の酒も美味いぞ」

大公殿下と話してたお父様が振り返り、ハンスをまっすぐ見つめる。

「ハインスリード殿下、明日から王太子教育を始めます。殿下は王城ではなく少し離れた離宮で生活してください。そこで私の息が掛かった者を側に付けます。王太子教育の講師についても私が手配します」

「すまない、よろしく頼む」

「ではご案内いたしましょう」

お父様のあとに付いて離宮へ向かった。王城と離れていると言っても目と鼻の先。

「懐かしいなぁ、ここは変わらないな。よくここで遊んだな、ケニー」

「ああ、よくいたずらをして怒られた」

お父様と大公殿下は懐かしそうに目を細める。きっと二人は当時の光景を思い浮かべている。

「父上、懐かしいとは？」

「俺は産まれてからここで乳母と育ったんだ。乳母の代わりに乳を飲ませてくれたのがケニーの母だ。ケニーはいつも一緒に来ていてな、母さんが来なくなってもケニーだけは遊びに来てくれていた」

「では宰相はお祖母様の代わりに側付きとしてですか？」

「ん？　違うぞ。母さんは母上ではなくケニーの母だ。俺はケニーの母をずっと母さんと思っていた。ケニーは俺の兄さんだとな」

「え？」

ハンスが驚くのも無理はない。私も驚いた。

お祖母様は確かに大公殿下にお乳を飲ませていたけれども母親だと思うものかしら。私にも乳母はいた。でも乳母を母親だとは勘違いしない。第二の母、そう思っている。

でも大公殿下の話し方から乳母は別にいた。そしてお祖母様を母だと思っていた。

お祖母様を乳母と間違えるならわかる。でもどうして母親だと？　大公殿下の母親、前王妃殿下は当時御健在だったはず。

「俺は疎まれた子だからな。兄上を脅かす存在だった。俺が産まれた時に父上は本能的に感じたんだろうな、だから俺をここに乳母と住まわせた。俺は煩わしい王位なんて結婚する時に捨ててやった。俺は辺境で暴れてる方が性に合ってるからな。まあ母さんは来なくなったがケニーは来てくれたからな、寂しくはなかった。乳母もいたしな。よくここで遊んだな、ケニー」

大公殿下は懐かしそうに離宮の広い庭を眺めている。

「ああ。木登りしてどっちが高い枝から飛び下りられるか競争したな」

お父様も大公殿下と同じ顔で眺めている。

「したな。乳母に二人して怒られたな」

「ああ怒られた。かくれんぼもしたな」

「結局お互い見つけるのがつまらなくてなぁ」

「毎度騎士が何人がかりで探したか」

「そうだそうだ。それからは隠れる場所を乳母に報告してから隠れたな」

「そうだったな」

「楽しかったなぁ、ケニー」

「ああ、楽しかったな、アンスレー」

二人の話し方からその当時が楽しかったのだと感じられる。

今も鮮明に残る当時の記憶、話を聞いて私が想像しても毎日楽しそうに過ごしていたのだろう。

私でもそう思うのだから当事者の二人はなおのことね。

でも、当時の騎士達は大変だったでしょうね。毎度二人を探し、第二王子と公爵令息どちらも傷のひとつでも付けたら処罰される。

二人共、ガキ大将だったのね。

「俺達が何か悪さすると母さんがすっ飛んできてゲンコツを落とした。俺達を座らせ説教してな、大目玉を食らったな」

「ああ、毎回こっぴどく怒られたもんだ」

「実はな、俺は母さんに会いたくて悪さをしていたんだ」

「知ってたさ。俺はそれに乗ってやっただけだ」

「お前も楽しんでいただろ？」

「まあな」

お祖母様は大公殿下に自分の息子として接していた。悪さをすれば叱り、褒めて愛して、大公殿下の行く末を案じたのか危惧したのか。殿下の置かれている、家族から離され離宮で生活している状況を、お祖母様は見て見ぬふりができなかった。だから公爵夫人のお祖母様が乳母代わりに手を挙げた。

それでも入り浸ることはできない。第二王子を傀儡《かいらい》にするつもりだと言われるわけにはいかないから。お乳を与えていた時ならまだしも、お乳を与える年齢を過ぎれば離宮に通えなくなる。だから自分は叱る時だけ離宮に来た。乳母や騎士達ではまだ子供とはいえ、第二王子のアンスレード殿下を叱ることはできない。お祖母様は当時の宰相、お祖父様の妻で公爵夫人でありながら宰相夫人。前国王陛下と前王妃殿下が目を瞑り、お世話係以外で唯一この離宮に入ることを許された人。

そして息子のお父様を殿下の遊び相手として離宮に通わせていた。公爵令息が王族の遊び相手になるのは自然なこと。

大公殿下がお祖母様を慕っている様子からお祖母様の愛情はきちんと伝わっている。でももしお祖母様が手を差し伸べなかったら大公殿下はどうなっていたのだろう。お父様が遊び相手でなかったらどうなっていたのだろう。

木から飛び下りるなんてそんな危険な遊びに付き合う令息はいない。アンスレード殿下の遊びに付き合い、一緒に悪さをして、それを楽しむのはきっとお父様だけね。二人には乳兄弟以上の絆がある。

そしてそれは今でも続いていて、今後も続く強い絆……

「……兄上はよくやってる」
「まあ、あいつなりにやってる方かもな」
「だが駄目だ」
「ああ」

爽やかな風が私達を吹き抜けていった。

「ハインスリードをお主に託す」

「承知しました、アンスレード殿下」

二人の間の空間だけがとても神秘的に見えた。

王と宰相、まさにその言葉が合っている。

二人の神秘的な空間に誰も入れない。入ろうとする者を拒むような、それでもいつまでも見ていたい空間に私は見とれていた。

王に相応しいのは大公殿下の方。前陛下はそれを本能的に感じとった。だから離宮へ閉じ込めた。そして第一王子の現陛下だけを手元で育てた。次期王になるのはこの子だとそう示すように。

王としていいことか悪いことか……

今現在、他国との争いはなく、平穏な治世が保たれている。陛下としての国政や政策統治の才に欠けるわけではない。

それでも今後はわからない。

あのルドゥーベル殿下がこの治世を受け継いだ時、この国が先行き不安になるのは手に取るようにわかる。

あの女性では王妃は無理だ。

別に私が、という話ではない。別に王妃に相応しい令嬢はほかにもいる。

ただ、あの女性では無理だということ……

両親に甘やかされて育った陛下は子に甘いところがあると聞く。

それでも王女殿下には厳しかったと聞いた。いずれ他国に嫁ぐ王女殿下が他国で粗相をしないようにと、王女殿下はルドゥーベル殿下に比べて厳しく躾けられたのだろう。その王女殿下も他国へ嫁ぎ王太子妃となった。

陛下がルドゥーベル殿下の婚約者を五年も決めずに待ったのは私の存在だと思う。

お父様が女の子が欲しいと言っていたこととお父様なら必ずもう一人子を作ると陛下は信じた。

お母様が懐妊し産まれたのが私。だから産まれてすぐに婚約を打診した。

お父様にルドゥーベル殿下の後ろ盾になってもらうために。

それだけ陛下もルドゥーベル殿下の先行きを不安に思ったからだ。

側近でもないお兄様を次期宰相にしたのも同じ理由。お父様の次はお兄様にルドゥーベル殿下の後ろ盾になってもらうために……

この婚約破棄は陛下からしたら想定外のはずだ。

私がルドゥーベル殿下を慕っていたから陛下は安心していただろう。

陛下は自分の息子を信じすぎている。

自分を裏切りはしないと、陛下はルドゥーベル殿下を信じ切っていた。

でも殿下は陛下の期待を、親心を裏切った。

信じていた可愛い息子に裏切られた陛下は今どんな気持ちなのかしら。

今日、私とハインスリード殿下との婚約を陛下が承認した事実は婚約証明書の印が証明している。

それにハインスリード殿下がまだ王位継承権を持っていることは陛下もご存じだったはず。確かに大公殿下やその嫡男様のようにいずれ放棄するだろうと思っていたとしても、現時点でまだ放棄していないのだから、少なからず頭に残っていたはずだ。あの二枚目の王太子教育の許可書、陛下はどんな気持ちで印を押したのだろう。大公殿下の圧に耐えられなかったとは今さら言えない。

陛下はこのペープフォード国の王なのだから。

国王視点

アンスレード達が出ていき謁見の間に残った私は、怒りで狂いそうだ。

「アルド、すぐに愚息を呼んできてくれ」

「承知しました」

アルドが出ていき、私は腸が煮えくり返った。

アンスレードには勝てん。

私は子供の頃から思っていた。

だがアンスレードは婚姻し、王位継承を放棄して辺境へ行った。

父上は私を国王にと思っていたが、周りは違う。

アンスレードこそが王に相応しいと。

私も思った。アンスレードこそが王に相応しく、私は弟の片腕として支えよう、そう思っていた。

だが結局、王都に残った私が王位を継いだ。

私が今国王なのは私しか王位を継ぐ者がいなかっただけだ。

父上の兄弟も婚姻し王位継承を放棄した。だから残った私が国王になったにすぎない。

王に相応しいのがアンスレードだと私が一番わかってる。

否、皆が思っていることだ。

だから私は父上や母上に甘やかされて育ったが、第一王子として胡座《あぐら》をかかず努力してきた。

娘には厳しくした。

ケースノール国へ嫁ぐ娘が戦争の火種になっては困る。

だが、ルドゥーベルを甘やかしたのは間違いだった。

ケイニードが娘が欲しいと言っているのを信じてルドゥーベルの婚約を保留にし続けた。

娘が産まれ何度も打診し、最後は王命を出して婚約者にした。

ようやくルドゥーベルの後ろ盾を作ったのに。

あの愚息は!!

弟が王になりたいと言うのなら譲ろう、そう思っていたが、息子が産まれその思いは消えた。

ケイニードの後ろ盾、リリーシャが王妃になればこの国は安泰だとそう思っていたのに。

さっきの書類の二枚目はハインスリードの王太子教育の許可書だった。

一枚目はアンスレードの圧に負けてよく見ずに印を押したが、あれはハインスリードとリリーシャの婚約証明書だろう。

ハインスリードが王太子を目指すか……

そうか……アンスレードは息子に託したか……この国の未来を……

ハインスリードにはアンスレードはもちろんだがケイニードも付いた。リリーシャも婚約者として
てハインスリードを助けるだろう。

ルドゥーベルには私しか付いていない。王太子教育もまだ終わっていない。愚息はどこぞの女を
娶ると言っている。

勝手に婚約破棄をしたが、ルドゥーベルの私室だったことが幸いしたと思った。

だが、もう王命も出せん。勝算もない。

もはやここまでか……息子の育て方を間違えた。娘のように育てていれば……

はあぁぁ……

その時、愚息がどこの馬の骨かわからない女を連れて入ってきた。

あぁ、頭が痛い……

「父上、急ぎの用と聞きましたが」

「ルドゥーベル、お前は挨拶もできんのか。はぁぁ、まあよい。お前、なぜリリーシャと勝手に婚約破棄をした」

「それは真実の愛を、愛する人を見つけたからです。私とサラの愛は真実の愛と言うらしいです」

「それがその女か？」

「はい。父上、サラです。その女ではありません」

「名前などどうでもよい。その女はもちろん貴族だろうな。どの家の者だ？」

「父上、サラです」

「そんなことどうでもよいと言ってるだろうが。早く答えろ」

「サラは平民です。ですが、父上なら許してくれますよね？」

「その女がお前の後ろ盾になるのか？　ならぬだろ。なぜ王命まで出してお前とリリーシャを婚約させたと思う」

「リリーシャが宰相の娘だからです」

「そうだ。わかっていてなぜ勝手に婚約破棄した」

「リリーシャは悪役令嬢らしいです」

「悪役だと？　誰が言った？」

「サラです。平民の間では有名らしく、そんな女は私の隣に立つに相応しくない、そう思いませんか？」

「おい、そこの娘、平民の間でどう言われておる」

「えっとー、ルド様にはもったいないって。だから私がルド様を救わなくちゃって思ったの」

「リリーシャはルドゥーベルにはもったいないの間違いではないのか」

「どっちも同じじゃないですか？　ルド様にはもったいないってことでしょ？」

「同じではない。ルドゥーベルには、ではなく、リリーシャが、だ。リリーシャのどこが悪役令嬢だ。お前の方が悪役令嬢ではないか」

「王様は知らないんですか？　悪役令嬢は王子様の婚約者で公爵令嬢って決まってるんです。で、その公爵令嬢は人を見下して、虐めて、王子様はいつも心を痛めてるんです。そこで王子様の心を癒やす女の子が真実の愛の相手なんですよ？」

「それでなんだ、お前は自分が心を癒やす女とでも言いたいのか！　お前は身分も考えず平気でルドゥーベルの隣にいる、お前こそが悪役令嬢とやらではないか」

「父上！　身分など言い立てないでください。我々は民に支えられこの立場にいる、違いますか」

「ああそうだ。我々は民に支えられこの立場にいる。だからこそこの国を守る必要がある。ならその娘は平民でも他国の言葉が話せるのだな？　他国の礼儀を知っておるのだな？」

「そのようなことサラにさせるつもりはありません。彼女は私の愛だけを受け取ればよいんです。面倒ごとはリリーシャを側妃にすれば済む話です」

「なぜそこでリリーシャを側妃にするのだ。リリーシャを正妃にし、その女を愛妾にでもすればよかったではないか。それをお前は！」

「私はサラを愛してます。リリーシャは嫌いではありませんが、女性として何も感じません」

「お前は馬鹿か！　妃に必要な物は何だと思う。愛も必要かもしれん、だがな、一番必要なのは知性、教養、所作だ。その娘にあるのか？　ないであろう。どうやって他国と渡り合うのだ」

「リリーシャにはきちんと伝えてあります、側妃にすると。リリーシャも承知しています」

「そんなわけはないだろう！」

「いいえ、リリーシャは言いました。側妃になると」

「もうよい、下がれ！」

愚息もあれではな……まだ王太子教育も終わっていないと聞く。

ハインスリードがどこまでの出来かはわからないが……

後ろに控える宰相補佐に聞く。

「アルド、あの娘が言っていたのは何だ。お前は知っているか？」

「はい陛下。今、巷で若い女性の間で読まれている婚約破棄を題材とした有名な物語の小説かと。私の妹が他人を虐めたり貶めたりなどするわけがありません」

「それはわかっている」

はあぁぁぁ、どうしたものか……

「アルド、ルドゥーベルの王太子教育を厳しくするように伝えておいてくれ。せめて王太子教育は終わらせておかねばならない」

「はい、承知しました」

「それから、あの娘に淑女教育を始めてくれ。それとどこかあの娘を受け入れてくれる貴族も探しておいてくれ」

「陛下、それは……」

「念のためだ」

「……承知しました」

第二章　王位を継ぐ決意

私は時間の許す限り離宮に通っている。もちろんハンスを助けるためだけど、婚約者として応援したい。それに王太子教育を受けているハンスとの時間を作るには私が離宮に通う方が早いし、ハンスに時間を合わせられる。


「ハンス、休憩時間くらい休憩したら？」

「リシャ、ありがとう。ここまでだから少し待っててくれる？」

ハンスはお父様が手配した先生方の下、王太子教育が順調に進んでいるみたい。

だけど……

「よし、終わった。さあ休憩しよう」

「無理はしないでね」

「無理はしていないよ？　これは俺が努力することだ」

「ならいいけど……」

今はハンスの休憩時間。

私とハンスの婚約は正式に受理され、お父様があっという間に貴族に通達した。

「ねぇリシャ、それよりよかったの？」

「何が？」

「婚約披露パーティー」

「まだ言ってるの？　この前したじゃない」

先日、大公夫人であるハンスのお母様も王都へ来てエイブレム公爵家でささやかな婚約披露パーティーをした。ハンスのお兄様家族は辺境を留守にはできないと出席は叶わなかったけど、それでもお祝いの手紙を受け取った。

私の家族と公爵家の使用人達に見守られ、身内だけで開いたけど、とても盛大に祝ってもらった。

「それは内輪でだろ？」

「内輪だけで十分じゃない」

「内輪だけじゃなくて貴族にお披露目した方がいいんじゃないかな？」

「お父様も言ってたでしょ？　私は婚約破棄されたばかりだし、ハンスの王太子教育が終わるまでは待とうって」

「わかっているよ？　でもさ……」

ハンスは納得していないみたいで少し不機嫌そうな顔をした。

「貴族には通達済みだし、ルドゥーベル殿下に対抗する術を身に付けてからって言われたでしょ？　一応あれでもルドゥーベル殿下が第一継承者なのよ？　ハンスは第二、今はハンスの方が弱い立場なの。王太子教育が終われば同じ土俵に立てるわ。それから貴族に婚約披露会をしようって話で決まったじゃない」

「だから俺は今、頑張ってる」

「そうね。ハンスは頑張ってる。毎日夜遅くまで頑張ってるわ」

ハンスは机の上に突っ伏した。

彼の部屋に夜遅くまで明かりが付いているのは知っている。その日習った範囲や分野を何度も復習していることも、自分なりの見解を導き出そうとしていることも。

ハンスを心配している私に、アルドお兄様が内緒で教えてくれるから。

「疲れた？」

「文字のお化けが出てきそうだ。リシャはよくやれたね」

「私は十年かけてだもの。ハンスよりは楽だったと思うわよ？」

「楽なわけないだろ！　リシャの十年を、努力した十年を楽なんて言うな」

「ありがとう。でもね、ハンスは私が何年かかけてやってきたことを一年でやろうとしてるのよ？

それに王太子教育が早く終われば、今度は帝王学が待っているでしょ？」

「それは……わからない……」

ハンスは不安そうな顔で俯いた。

「ふふっ、お父様を甘くみては駄目よ？　お父様はこのまま帝王学も受けさせるつもりよ？」

「そうなのか？」

「あのお父様よ？　当たり前じゃない」

あのお父様が王太子教育だけで終わるわけがない。お父様は次期王になるのはハンスだともう決めたのだから。ハンスの先生方を見てもわかる。厳しいと有名な先生方だ。お父様が選んだだけはあるわ。

「そうだよな……先はまだまだ長いな」

「嫌ならやめてもいいのよ？　前にも言ったけど私は別に王妃になりたくはないし、ルドゥーベル殿下が国王になっても、お父様もお兄様もルドゥーベル殿下の側に付いているわ。戦争が起こるような火種は作らせないわよ。それにお父様も言っていたでしょ？　王位を継げなかったら、邸に住まわせるって」

「俺は一人辺境に帰されるけどどね」

「その時は私も付いていくわ」

「君のお父上が許すとは思えないけど」

「その時は大公殿下に圧をかけてもらいましょ？　それに私、大公殿下と暮らすの、少し楽しみなの」

「あの父上とだよ？　何で？」

「大公殿下っていざという時は、ああ、流石第二王子だわ、と思うわよ？　でもなんだかわんぱく坊主って言葉が似合う気がするの」

　大公殿下とお父様の子供の頃の話を聞いたからか、大公殿下を間近で見たからか、わんぱく坊主って言葉があそこまで似合う人はいない。でもいざという時は王子の顔もきちんと持っている。人を惹きつける人格、親しみやすさ、人望、あの環境下で育っても自分というものをきちんと持っている。本来なら危険分子になり得たかもしれないのに、自分の立ち位置を見失っていない。

辺境へ行ったのも、王位継承権を早々に放棄したのも、すべてはペープフォード国を守るため。兄弟で王位を争うなんてよくある話だもの。アンスレード殿下が王に相応しい、そう思う人が自分を担ぎ出さないように先に自分が動いた。それだけ物事を見通せる目があるのだわ。

「似合っているね」

「でしょ？　一緒にいれば何か楽しそうだと思わない？」

「……思わない」

「ハンス？」

「リシャは父上を知らないからそう思えるんだ。あの人は夜中だろうと寝ていようと人を叩き起こして、釣りに行くぞ、って言って無理矢理連れていくような人だよ？　それに自分が釣れるまで帰ろうとしないんだ。俺は何度魚に願ったことか……。頼むから早く食いついてくれ！　って」

ハンスは椅子に背中を預けて天を仰いだ。思い出したのか溜息を吐いている。

「ふふっ、それも楽しそう」

「あれは父上の圧に魚が逃げてるね」

「ふふっ、ハンスは釣れるの？」

「俺ばっかり釣れるから、余計意地になって……」

「あら、ハンスは上手だったのね」

「毎度大変なんだよ。父上の竿には餌が付いていないのかって何度思ったか。だから俺の竿と交換したりもした。でもどうしてか父上の竿を上げると餌がない。餌に魚が食いつけばわかるはずなのに、父上は何をしていたのだろう。釣りが苦手なら釣りなんてしなければいいのに……。そしたら俺も夜中に叩き起こされもしなかった」

相当大変な思いをしたのか、ハンスから表情が消えた。

「やっぱり父上は単に釣りが好きなだけだよ。一人でも度々夜釣りに行っていたくらいだから。釣りが好きでも魚が釣れるかどうかは、また別ってことなんだろうね」

「でもそれも私からすれば楽しそうに思えるわ。ね？　ハンスがやめたいならそれも楽しいわ。だから嫌ならやめてもいいのよ？」

「いや、やめない。王太子になれるか、国王になれるかはわからないけど、努力するって決めた以上、やれるところまではやるよ」

ハンスは時々顔つきが変わる。

普段は優しい顔なのに、真剣な顔をする時は雰囲気が変わる。その顔はまるで大公殿下を見ているよう……

「わかったわ。でも無理はしないでね？」

「ありがとう。リシャと過ごすこの時間があれば俺は大丈夫だから。弱音は吐くけど」

「弱音を聞かせてもらえないなんて嫌よ？　それにハンスは言ってくれたでしょ？　飾らない君でいてほしいって。なら私だって飾らないハンスでいてほしいわ。もし王太子になれたとして、弱音や愚痴が出てくるかもしれないじゃない？　それは私だって同じよ？　その時に吐き出せない関係にはなりたくないの」

　私はルドゥーベル殿下とそういう関係を築けなかった。私一人我慢すればいいって。弱音を吐いて重荷だと思われたくなかった。殿下も頑張っているのだから、殿下は弱音なんて吐かないんだから、私だけ甘えてはいけないって。

　でもそれは間違いだった。だからハンスとは一緒に乗り越えていきたい。弱音を吐けるのはお互いだけだもの。弱さを補いながら強くなればいい。頼り甘え、そして頼られ甘えられ、自分のすべてをさらけ出せる人。自分のすべてをさらけ出しても受け止めてくれる人。

　ハンスと出会い、私は教えられた。誰も教えてはくれなかった人との関係の築き方。本にも載っていない心の部分。私は感情豊かだったって、ハンス、貴方が教えてくれたの。

　だから私は貴方の力になりたい。

「それは俺だって。リシャに我慢してほしくない」

「でしょ？」

「わかった。これからも聞いてもらうと思うけど」

「うん、その方がいい。我慢して隠されるより、私は見せてほしいわ」

「それは俺も同じ気持ちだからね？　リシャも隠さないでね？」

「ええ」

　隠すも何も、ハンスには誰にも見せられなかった姿を見られている。

　今さら隠す姿も心もないわ。私が唯一本音でぶつかれる相手よ？

昨日ハンスから「離宮に会いにきてくれても一日休憩が取れないから」と言われ、今日私は邸にいる。頑張っているハンスの邪魔はしたくない。休憩も取れないくらい重要な勉強なんだと思う。

本当は今日私の誕生日だから一緒に祝ってほしかった。

でも我儘を言って困らせたいわけじゃない。今は私の誕生日より王太子教育の方が大事だもの。誕生日だから一緒にいたい、そうハンスに言えばハンスは無理にでも時間を作ってくれるわ。だから私はあえて言わなかった。

「リシャ」

庭で一人お茶を飲んでいたら突然ハンスの声が聞こえ驚いた。

「ハンス？　どうしてここにいるの？」

ここは離宮ではないわよね？　ここは公爵邸、よね……？

「十六歳の誕生日、おめでとう」

ハンスは笑顔で後ろに隠していた花束を出した。

私はピンクの薔薇《ばら》の花束を受け取った。

「リシャ、薔薇《ばら》の花は何本ある？」

私はピンクの薔薇《ばら》の本数を数えた。

「九本あるわ」

「知ってた？　本数にも意味があるんだ」

ハンスはにっこりと笑った。

「そうなの？」

花言葉は知っているわ。でも本数にも意味があるとは知らなかった。

「俺の気持ち」

「九本の意味は知らないけどありがとう。あとで調べるわ」

私はピンクの薔薇《ばら》の花束を見つめる。薔薇《ばら》の花言葉は愛を伝える言葉が多い。だから男性は薔薇《ばら》を女性に贈る。綺麗で上品な薔薇《ばら》は華やかで、そして香りもいい。目で見て鼻で匂いを楽しむ。薔《ば》薇《ら》を貰って喜ばない女性はいない。私も頬が上がっているのが自分でもわかる。

「今日は俺とデートをしてくれる？」

「デート？」

「デートって言っても、公爵邸の庭を散歩してお茶するだけなんだけど」

「ありがとう。嬉しい」

ハンスが手を差し出し、私は彼の手に手を重ねた。

繋がれた手の温もりに恥ずかしさを覚えた。

「ごめんな？」

「何が？」

「誕生日なのにどこかへ連れていったりできなくて」

「ううん、嬉しい。こうして会いにきてくれて本当に嬉しい。ありがとう」

自然と微笑んでいるのが自分でもわかった。

「昼から少しだけ時間を貰えたんだ」

「勉強の合間によかったの？」

「婚約者が婚約者の誕生日を祝わなくて、誰が祝うの？」

私の誕生日を知っていたの？

いえ、知っていたから勉強の合間にこうして会いにきて花束も貰えた、それはわかってるわ。それがとても嬉しいの。でも、こういう時どうしていいかわからない。

「家族？」

私は照れ隠しで素っ気なく返した。

「家族はもちろんだろうけど、俺だって好きな子の誕生日は祝いたいよ。誕生日おめでとう、リシャ」

「ありがとう」

「来年の誕生日には俺と結婚してくれる？」

「え？」

私は驚き、目を丸くした。

「ごめん、気が早かった」

「そうじゃないの。婚姻式はいろいろ落ち着いてからだと思っていたから」

「落ち着いてからだけど、それでもリシャには今の俺の気持ちを知っておいてほしかったんだ」

「うん、ありがとうハンス」

「お父上が認めてくれないと結婚させてもらえないけどね」

「ふふっ、それもそうね」

ハンスと顔を見合わせ笑い合った。

私達が結婚しようって言っていても実際はお父様の許しがなければ結婚はできない。

でもハンスの気持ちが聞けてすごく嬉しかった。

ハンスと庭を話しながら散歩していたら、いつの間にか可愛らしく準備されたテーブルセットが現れた。

私達が椅子に座ったら、ケーキが運ばれてきた。

「誕生日、おめでとう」

「ありがとう。でもこれは多くない？」

「そうかな？」

十六個のケーキが目の前に置かれた。少し小ぶりの一口サイズのケーキとはいえ……、二人で食べるにしても多いと思うんだけど。

「好きなだけ食べてね？」

ハンスはにこにこと笑っている。

「ハンスも一緒に食べてね？　私一人では無理よ？」

「残ったら食べるから、リシャが先に食べれるだけ食べて、ね？」

「ありがとう」

どれも美味しそうでどれから食べようか迷い、結局目の前にあるケーキから食べ始めた。

ハンスは私が食べる姿を笑顔で見ている。

「リシャ、プレゼント」

机の上に置かれた贈り物。

「ありがとう、ハンス。開けてもいい？」

「ああ。気に入るといいけど……」

私はケーキを食べるのをやめて箱を開けた。

「ネックレスとイヤリング？」

「婚約指輪はサイドメア家からだったから」

確かに内輪だけで婚約パーティーをした時にハンスから婚約指輪を貰った。

ハンスの瞳の色の綺麗なブルーのサファイアの指輪。

ネックレスとイヤリングも同じサファイアの宝石で作られている。

「どうしてもリシャの誕生日は俺のお金で買って渡したかった」

「ありがとう。嬉しい」

「気に入ってもらえた？」

「ええ、すごく嬉しいわ。今日はありがとうハンス。大切にするわ。花束も貰って、デートもできて、ケーキも一緒に食べられて、プレゼントまで。なにより会いにきてくれたことがとても嬉しいの」

　ハンスは照れたように、はにかんで笑った。

「よかったよ。突然来たから嫌がられたらどうしようかと思ったんだ」

「そんなことないわ、すごく嬉しい。とても幸せな誕生日になったわ。ありがとう」

　ハンスは嬉しそうに満面の笑みを浮かべている。

「さあ、ケーキ食べよ？」

「そうね。ハンスも食べて？」

　私達はケーキを食べ、少し話し、ハンスはまた離宮へ戻っていった。

　私はハンスが乗った馬車が見えなくなるまで見送った。

　本来なら十六歳の誕生日を迎えたら私は婚姻式をするはずだった。

　もうルドゥーベル殿下にはまったく気持ちはない。

　きっとハンスは私が気にしてると思ったのかしら……

　素直に嬉しかった。

　婚約者に誕生日を祝ってもらえることが、わざわざ私に会いにきてくれたことが、九本の薔薇《ばら》の意味、十六個のケーキ、ハンスの瞳の色の贈り物、十六歳の誕生日の今日、私はとても幸せだわ。

　優しい婚約者、喩《たと》え短い時間でも会いにきてくれて一緒に誕生日を祝ってくれる、それがどれだけ嬉しいか、どれだけ幸せなことか……

　ルドゥーベル殿下は私の誕生日でも馬車までのエスコートはしてくれても「おめでとう」の一言

もなかった。贈り物は貰ったわ。いつも帰りの馬車の座席の上に置いてあった。

一緒にお茶をしたことも、もちろんケーキを一緒に食べたこともなかった。

王太子妃教育、王妃教育の休憩の時間はあっても誘ってももらえなかったわ。

でも私はその時間殿下も勉強を頑張っているのだと思っていた。だからなかなか時間が合わないんだと。勉強の合間になんて先生方が許可しないと思っていたし、私より学ぶことが多い殿下に我儘を言って困らせたくなかった。

デートと言えば馬車から部屋までの間だけ。少しの会話、エスコートで殿下の腕に手を添えてたけど手を繋いだことはなかった。

それが当たり前、普通だと思っていたから気にしてなかったけど……、本当は違ったの？

きっと違ったのよ。

ハンスは今日勉強の合間に会いに来てくれた。それにハンスは手を繋ごうといつも手を差し出してくれる。庭を散歩するだけでも、話をするだけでも、私は私のために時間を作ってくれたことが嬉しかったの。誕生日を祝ってくれたことが嬉しかったの。

婚約者だから、好きだから、相手を思う気持ちがあれば少しでも会いたいと思うし、喩《たと》え少ない時間でもその時間を大切にするわ。

今だからわかる。私は殿下にほんの少しも愛されていなかった。エイブレム公爵という名の婚約者が必要だっただけ。だから必要最低限の範囲で婚約者として接していた。今は私も殿下に愛はない。情すらないくらいだわ。

今はハンスとの時間が大切だと思う。少しでも会いたいと離宮にも通っている。少しでも顔が見たいし少しでも話せたらいいなって思う。ハンスの喜ぶ顔が見たいの。ハンスが笑うと私はものすごく嬉しい気持ちになるもの。

ミレに「九本の薔薇《ばら》」の意味を聞いたら、

「いつもあなたを思ってます。いつも一緒にいてください」

という意味があると教えてもらった。

私もハンスを思ってるわ。

私もハンスとずっと一緒にいたい。


ハンスの王太子教育も半年が過ぎ、今日は街に行こうとハンスが言った。

私はハリーとハンスが離宮から出てくるのを待っている。

「リシャ、おまたせ」

「ハンス」

今日はお互い平民が着るような服を着ている。とはいっても、ハンスはあの丘で会っていた時のような服装。私もワンピースだから丘に行っていた時と変わらない。

「ハリー、今日は俺も乗せてくれるかい?」

「ぶるるるる」

「ありがとう。なら行こうか」

「ハンス、護衛は？」

私は辺りをキョロキョロと見渡した。確かにハリーは私の護衛だとハンスに言ったけど、本来護衛は騎士。街へ行くのなら騎士も服装を変えて付いてくるはず。それが一人も見当たらない。

「きっと君のお父上が影を付けてるよ」

「そうかもしれないけど……」

お父様なら王位を目指すハンスに影を付けてはいると思う。でも影は危険な時にしか表に出てこない。もちろん、街の人に紛れて見守っているとは思う。すぐに助けられるように常に近くにいて息をひそめている。でも危険になる前に対処するのが側に付く騎士だわ。騎士一人も連れて歩かないなんて、それは危険よ。

「俺だって兄上ほど強くはないけど、あの父上に鍛えられながら辺境で育ってきたんだよ？」

「そう、ね」

「だから安心して？」

「わかったわ」

きっとまだ自分の身を任せられる人がいないのかもしれない。

騎士とは信頼関係が必要だもの。離宮にも騎士はいるけど、まだ半年、自分の身を任せられるほどの信頼関係はないんだわ。それにハンスは今まで自分の身は自分で護ってきたんだもの。

大公殿下はペープフォード国で一番強い剣士だと教わった。

その大公殿下直々に剣を習ったのなら、稽古は厳しかったんだろう。大公殿下は口で語るより行動で語る、そんな人だと思うから。きっと無駄なことはしない人。無駄だと一見思うことでもそれには意味があるはずよ。

「さあ行こうか」

「ええ」

私達はハリーに跨がり、街に向かった。

ハリーを街にある厩舎で預ってもらい、私達は街へ入っていった。

「私、街に初めて来るわ」

「初めてなの？」

「今まで、邸と王城の往復だけだったから……」

「そうか。なら今日は楽しもう」

「ええ」

ハンスが笑うと自然と私も笑顔になる。もちろん初めて来る街にワクワクしているのもあるけど、ハンスと出掛けるのが楽しみだったの。

「リシャ」

「何？」

「今日はアーサーって呼んでほしい」

「わかったわ」

「リシャは何て呼ぼう」

「そうね、なら、シャルで」

「わかった。シャル、行こう」

「楽しみだわ」

私は楽しみで自然と頬が緩む。そんな私をハンスは窺うようにチラチラと見ている。

「シャル、手を繋いでもいい？　ほら、シャルは街に来るのが初めてだから危ないし、それに手を繋いでいたら俺も護りやすいし、いいかな？」

「アーサー、私達は婚約者なのよ？」

「なら手を繋ぎたい」

「私も手を繋ぎたいわ」

ハンスは嬉しそうに笑って私の手を繋いだ。手を繋いでからずっとハンスは満面の笑みを浮かべている。きっと私もハンスと同じ顔をしている。

ハンスに繋がれた手、私はハンスの手に安心する。手から伝わるハンスの温もり、私より少し大きいハンスの手、私の手をギュッと繋ぐその大きな手に、まるで俺に付いてこいと言われているよう。だから私は迷わずこの人に付いていこう、この人とならどこにでも、どこまでも付いていきたい、そう思う。

「ねぇ、あのお店を見てみたい」

「いいよ」

お店の中に入ると可愛い小物が売っていた。何か買うわけではないけど見ているだけでも楽しい。

街にはいろいろなお店が建ち並んでいる。どのお店も、全部のお店に入り見て回りたい、そう思うほどどのお店も魅力的。でも全部のお店に入れるわけではないし、今日一日でゆっくり見て回るには時間もない。私は気になったお店にだけ入った。

今は屋台で買った食べ物を街の中にあるベンチで並んで食べている。

「美味しい」

「どれ？」

「もう！　私の食べかけよ？　食べないでよ」

食べかけといっても一口大のお肉が串に刺さっているから実際には食べかけじゃない。

ハンスは一口大のお肉をパクッと器用に串から抜いて食べた。

「ごめん、嫌だった？」

「嫌じゃないけど」

「けど？」

「恥ずかしいでしょ？」

「そうか、嫌じゃないんだ、よかった」

「嫌じゃないわ。どうしたの？」

「少しは俺のこと好きになってくれたかな？　と思って」

ハンスは軽い口調で言った。

「え？」

「嫌われてないならいいんだ」

「そうじゃなくて」

私は焦った顔をしてハンスを見つめた。

「シャル？」

「ちょっと耳貸して？」

「ん？」

私はハンスの耳元で囁いた。

「もうとっくにハンスのこと好きよ」

私は真っ赤になった顔を俯けた。

「リシャ！　本当!?」

私はハンスの大きな声に驚いて咄嗟にハンスの口を両手で塞いだ。

「アーサー、シッ！」

私はキョロキョロと辺りを見渡した。

街の人達は誰も私達を気にしていない。ハンスの声も街の音に掻き消された。

ハンスは彼の口を塞ぐ私の両手を、自分の両手で優しく包み、そのまま彼の膝の上に置いた。

私の体が少しハンスに近づいた。

すぐ目の前に、私を見つめるハンスの吸い込まれそうなブルーの瞳。

「ごめん……、シャル、本当？」

「私こそごめんなさい。早く伝えればよかったわ」

「ううん、嬉しいよ」

照れながら嬉しそうに笑うハンスの顔を見ていたら、どうしてもっと早く言葉で伝えなかったんだろうと、少し心が痛んだ。

ハンスはいつ自分を好きになってくれるだろうと、いつも不安な気持ちだったのかもしれない。

それでもそんな姿を私には見せず、いつも私に伝え続けてくれた。

ハンスはいつも声に出して気持ちを伝えてくれていたわ。

なのに私は伝えなかった。ハンスを好きって気持ちが私の心にあるのに。

ハンスはそのまま私の手を繋ぎ立ち上がった。私達はずっと手を繋いだまま街を歩き、ハリーに乗っていつも会っていた小高い丘に来た。

「街はどうだった？」

今は私の真横に座るハンス。あの少し空いていた距離は今の私達の間にはない。

「そうね、とっても楽しかったわ」

「よかった」

「街を楽しく歩けるのは、きっと……」

「ん？」

「今は治世が守られているわ。それは陛下の努力だと思うの」

「……そうだね」

「王に相応しいのは大公殿下でも、陛下に才がないわけじゃないと思うの」

「うん、俺もそう思うよ」

「現に戦争も大きな内紛も起こってない。だからこの国の治世は守られてる。でもこの先は？　もしルドゥーベル殿下が王位を継いだ時、この国はどうなるのかしら」

「それはルドゥーベル殿下次第だと思うけど……」

このペープフォード国をどのような国にしたいのか、それは王位を継いだ者次第。今の治世を守れるのも王位を継いだ者次第。

ルドゥーベル殿下はこの国の未来をどう描いているのかしら。

「だから俺も今頑張ってる」

「わかってるわ。私、今日初めて街に行ったでしょ？」

「そうだね」

「街で売られている品数の豊富さや、お店の多さ、賑わっていてみんな楽しそうだった。それに屋台で売られてる食べ物も美味しかったし、さまざまな店があったわ」

「うん、美味しかったし、店はお客さんで賑わっていたね」

「私ね、今まで食べ物を美味しいと思ったことがなかったの。マナーを気にするあまり……」

「今日はかぶりついて食べたからね」

「ええ。それも初めて外で食事を食べたわ。太陽の下でよ？　もちろん邸の庭でお茶やお菓子は食べていたけど、食事は邸の中で食べると思っていたの。でも街の人達も皆外で食べていたわ」

街の人達は慣れたように歩きながら食べている人もいた。友達と分け合う人や私達のようにベンチに座って食べていた親子もいた。

屋台だってたくさんあって迷うほどよ？　どれも美味しそうだった。今度はあれも食べてみたい、これも食べてみたいって、目移りするくらい全部美味しそうだったの。

「俺は辺境にいた時も外で食べたことがあるけど、リシャはないもんな」

「辺境でも外で食べてたの？」

「ほら、釣りに行った時とか、あとは辺境でもよく街へ行っていたから」

「そうなのね。私ね、妃教育があったから仕方がないとはいえ、本当に邸と王城の往復だったの。街に出掛けなければわからないことってたくさんあるんだなって思ったわ。先生方も教えてくれなかったし、本にも書いてなかった。私はまだ知らないことばかり。妃教育で民を大切にしなさいって習ったけど、民の生活を知らなかった。何が今流行っていて、どんな物を美味しく食べているのか、今日初めて街に行って、実際食べてみて、活気溢れる街を街の人達の笑顔を失いたくないって改めて思ったの」

「それは俺も思うよ。護るべきはこの国ももちろんだけど、この国で暮らす民の笑顔だ」

「そうね、民が国そのものだわ」

「たまには街に出掛けるのもいいと思わない？」

「それは私も思ったわ。自分の目で見て知るのはとてもいい経験になるもの。本ではわからないところは実際に目で見て確かめることも大事だわ」

王都と違い、辺境では貴族のハンスでも気軽に街に行けたのかもしれない。辺境の騎士は平民が多いと聞いたことがある。王都でも王都の街を守る騎士は平民。邸の騎士達だって平民。

王城では騎士も文官も貴族。平民の使用人もいたけど、私が会っていた人達は全員貴族だった。先生方は全員貴族だったもの。ルドゥーベル殿下に付いていた騎士も貴族。殿下の侍従も貴族。殿下のご友人も貴族。

邸と王城の往復しかしていなかったんだから当たり前かもしれないけど、唯一ミレに聞く城下の話だけしか私は知らなかった。ミレが休みのたびに街へ行っていたのも納得だわ。

私はふと思った。ハンスはどんな国にしたいんだろうと。

「ねぇ、ハンスが王位を継いだらハンスはどんな国にしたい？」

「そうだな、治世はこのまま守りたい。戦争の火種を作るつもりはない。辺境も今は盗賊ぐらいだし、隣国のエーゲイト国とは多少の小競り合いは繰り返しているけど、戦まで発展する争いはない。それはやっぱり陛下の手腕だと俺は思う」

昔はどの国も国土を広げたいと戦を繰り返していた。

「俺は王として失格って言われるかもしれないけどさ……」

「何？」

「俺は戦を経験していないから聞いた話だけど、戦はさ、必要ではあるけど、無駄な争いだと思った。攻め入られたら戦う、国を守る、国土を守る、それらを守る戦いは必要だ。それでも戦う前にできることはあるだろ？　火種を作らない、それは当たり前だ。話し合いをする、それだってできる。人が死なない戦はないよ？　戦に勝とうが負けようが大勢の人が死ぬ。それに国が復興するまで何年もかかる」

「そうね……一度戦が始まれば、必ず犠牲が出るわね」

「戦う騎士は当然だけど民だって巻き込まれれば死ぬ。農民でも男性には召集がかかる。焼け地、荒れ地、食糧難、大切な人を失った人、親を失った子、働く場所がなければ食べることもできない。食べる物がなければ衰弱し餓死する。戦に勝てばまだいいよ。でも負けたら？　戦は戦ってみなければ、勝つか負けるかわからない。抵抗せず乗っ取られるのを黙って見過ごすことはできない。それでも大勢の人の死、そのあとを考えると無駄に思えてしまう。俺はさ、子供心に思ったんだ。どうして隣の国なのに仲よく暮らせないのかって。でもそんなのは理想論だとわかった。国土を広げたい国と自国の国土を守りたい国、国土の一部を譲るから戦をやめようなんてこと、王として判断できない。一度それをやったらまた次もやらないといけなくなる。それでは国や民を守れない」

　私はハンスを見つめて頷いた。

「それに火種を作らないって言ってもさ、火種なんて何が理由になるかわからない。この国が欲しいだけで些事《さじ》を大義名分にするかもしれない。だからさ、この治世を守ってる陛下を俺は尊敬する」

「うん、それは私もよ」

「話し合いで解決できないから武力行使になるだろ？」

「そうね、予告なしに攻めてくる国はあまりないわね」

「なら俺はなんとしても話し合いで解決できるような王になりたい。人が死ぬ戦はしたくない。それでもそんなの理想論にすぎないけどね」

「でも、理想は持たないと駄目だわ。理想があるから国を民を守るために何をするべきか考え、理想があるからその理想に向けて努力ができると思うの」

「そうかな？　俺はまだまだ学ぶことだらけだ」

「無理はしないでね？」

「陛下はまだまだお元気だ。学ぶ時間はある。それにまずは王太子にならないと！　今は王位継承権を持ってる一人にすぎないからね」

「その通りね」

私達は夕日を眺め、今の治世がずっと続くようにと願った。

「今は頼れる人には頼るつもりだ。わからないなら聞けばいいし、納得できないならできるまでとことん話し合えばいい。人それぞれ思考は違う。それでも思いはひとつだ。この国を守りたい、この国に暮らす民を護りたい、思いが同じなら目指すところも同じ。そのための努力は惜しまないし、見落としてもいけない。喩《たと》え些細なことでも俺は見落としたくないんだ。すべてを完璧に行うのが、王として当然なのかもしれない。それでも俺は完璧じゃなくてもいいと思ってる。完璧じゃないから慎重になるし、完璧じゃないからリシャがいる」

ハンスは時々ドキッとするほど人が変わる。

雰囲気は大公殿下と同じ。王の風格、まさにそれ。

お父様はまだまだ全然足りないと言うだろうけど。

アルドお兄様がよくハンスについて教えてくれるけど、ハンスはお兄様を頼っているのね。自分よりお兄様の方がこの国の内政に詳しいから。

「俺はずっと王に必要なものは何だろうと考えていた。初めは頭脳だと思っていた。確かに頭脳がない者に王は務まらない。でもそれは努力でどうにでもなる。それを証明したのが陛下だ。そして父上のような人を魅了するような人格、この人のためならと命をかけられるような、この人に付いていきたいと心酔するような生まれ持つ資質や能力、それかとも思った。でもそれは他人からの評価だ。自分の行動や言動を他人が見た時に映る姿だから、そのための努力はできても真の資質であるとは思わない。なら、王に必要なものとは……」

ハンスは私をじっと見つめる。

「俺が思う自分の努力以外で必要なもの、それは、妃の存在。王と共にこの国を守りこの国の民を護る存在、一対と言われる妃。どうして王子の婚約者に高位貴族の令嬢が選ばれるのか、愛だけを求めるのなら身分なんて関係ない。でも国を担う王子はそれでは駄目だ。確かにどの国も頂点に立つのは王だ。それでも国は王の私物ではない。国はこの国で暮らす全員の物だ」

彼は一度言葉を切って少し遠い目をした。

「だが、統治する者がいなければ国は衰退していく。皆を導きそして安寧を保つ王の存在は欠かせない。だが王一人では限界がある。だから高位貴族の令息令嬢が一緒に国を支える。ある令息は知力を、ある令息は武力を、ある令嬢は妃として、王を支える。王族を支える公爵家、公爵家を支える侯爵家や伯爵家、侯爵家や伯爵家を支える子爵家や男爵家、そして国の土台を支える平民、その全部で国は作られている。それでも目に見えない派閥はある。派閥の均等が取れているから、この国は安寧が保たれている」

派閥争いはどの国も問題視されている。でもペープフォード国では派閥はあっても目に見える派閥争いはない。王妃殿下のご実家の公爵家は妃になった娘と一線を引いている。

あくまでも自分達は臣下であり、王族は敬う存在なのだと。そして五家ある公爵家の均等を守るために尽力している。

「ルドゥーベル殿下の婚約者にリシャが選ばれたのも、エイブレム公爵家の後ろ盾が必要だからだ。リシャのお父上、宰相は陛下よりも俺の父上との信頼関係が強いと俺は感じた。陛下もそれを危惧したのではないのかな。考えたくはないが、父上と宰相が手を組めば、もしかしたら陛下は王座を奪われる、そう考えたのではないのかと。父上は王座に座っておられる人ではないが、王としての資質は生まれながらに父上が持っていたんだろう。ただ、陛下が危惧した通りになったのは陛下も予想していなかったとは思うが」

確かにハンスの言う通りお父様と大公殿下が手を組めば……。二人の仲は陛下との仲よりも深い。私でもそう思うのだからずっと側で見てきた陛下が危惧するのはわかる。お父様との関係を大公殿下より深めたい、ただそれだけで私を婚約者にしたとは思いたくはないけど、他国の事情に精通しているエイブレム公爵家を後ろ盾に、その思いは強かった。

「王に必要なもの、努力だけでは得られない自分を支えてくれる絶対的存在、それは妃。そして俺にはこれ以上得がたい妃が側にいる」

それよりも、本当にハンスは驚くほどアンスレード殿下に似ているわね。

黄金色に輝く夕焼けに照らされたハンスの頭に王冠が見えた、なんて言ったらお父様に笑われるだろうけど、夕焼けの中にいる彼に私は王の風格を感じたの。

「俺にはリシャがいてよかった。俺はまだまだだけど、リシャに追いつこうと思うと力が漲ってくるんだ。俺達は俺達なりに、お互い助け合って支え合って、それから愛も大切だから愛も育んでいこう。俺はリシャを愛する気持ちは誰にも負けないよ？　喩《たと》えお父上が相手でも負けない」

ハンスが王になるのか、ルドゥーベル殿下が王になるのか、それはまだわからない。

それでもどちらが王になろうと、この国をこの国に暮らす民を、民の笑顔を護ってほしい。民から笑顔が消えないようにと夕日に願った。


今日もいつものように離宮に用意された椅子に腰掛け、ハンスの休憩時間になるまで、手持ち無沙汰の私は本を読んで待っている。

「リシャ、お待たせ」

ハンスは笑顔で走ってきた。

私も笑顔でハンスを出迎える。

「ごめんね、リシャに来てもらってばかりで……」

ハンスは申し訳ないといつも謝ってばかり。

「ハンス、いつも言っているでしょ？　私は暇なのよ？」

「それでも、女の子に出向かせて……だろ？」

「ハンスは嫌？　私がここに来るの」

「まさか！　この時間がどれだけ俺を癒やしてくれてると思ってるの？　リシャに毎日会いたいし、リシャの顔を毎日見れなかったら俺嫌だよ。だけど男としてどうなんだ、と、ただの俺の自己嫌悪。ごめん……」

　ハンスは俯いた。

「ふふっ。私も毎日ハンスと会いたいし、顔が見たいから通ってるのよ？」

「本当？」

　ハンスは勢いよく顔を上げた。その顔は嬉しいと笑っていた。

「ええ、本当よ」

「よかった。嬉しいよ」

「私もよ」

「それより何を読んでるの？」

　ハンスは私が手に持っている本を覗き込んだ。

「これ？　巷で有名な小説よ」

「ああ、あれね」

　ハンスは冷笑した。

　私は本を閉じて机の上に置いた。それから私達はいつものようにお茶をしながら話をする。

「そういえば、お父上から聞いた？」

「何も。お父様、家では王城のことは話さないから。お兄様とは話しているだろうけど、私の耳には入らないの。きっとお父様が私の耳には入れないようにしているんだわ。お父様から言われるのは『俺の娘は可愛い』『リリーは俺の癒やしだ』くらいかな？　話を聞かないと泣き落としよ？」

「ハハハッ、あの宰相が？　俺も見てみたい」

ハンスは大きな声で笑った。

私でもそう思うわ。宰相の威厳はどこに忘れてきたの？　って。王城に置いてきたのなら取りにいこうかしらって何度思ったか。それに泣くなんて反則よ。お母様も呆れて今は無視しているわ。あの冷徹な宰相が涙を流すなんて誰も信じないわ。

「笑いごとじゃないのよ？　それで、何？」

「殿下と真実の愛の相手、ついに婚約するらしいよ？」

「そうなの？」

「相手は平民だからさ、王家筋の遠縁の遠縁の、そのまた遠縁だったかな？　そこの伯爵家の養女に入ったらしいよ」

「へぇ……」

（遠縁の遠縁、そのまた遠縁？　王家筋といっても、もはや他人なのでは？）

「リシャ、もはや他人では？　と思った？」

「え？　顔に出てた？」

「リシャってけっこう顔に出るよね？」

「本当!?」

思っていることが顔に出るなんて言われたのは妃教育が始まった幼い頃だけ。

私は思わず手で顔を触った。

「でも俺はその方が嬉しい。俺にはリシャ本来の、ありのままの姿を見せてくれてるんだろ？」

「ええそうよ。きっと初めて会ったのが婚約者としての顔合わせだったなら隠したかもしれないけど、ハンスと会ったのは小高い丘だったでしょ？　あの時に恥ずかしい姿を見られてるし、ほら、思いっきり泣いちゃったしね。それにあの時の私、生意気だったでしょ？　あれが私の素の部分よ？　今さらハンスに隠すものなんてないわ」

「よかった。リシャのお父上から婚約の話をされた時にお願いしたんだ。一度会ってから決めたいって。そしたら『丘から見る夕焼けが綺麗だから一度行ってみては？』と教えてもらったんだ。で、そこにいたのがリリーという名の、可愛い女の子」

「確かに誰かに勧められてきたって言ってたわよね。なら初めからルドゥーベル殿下との婚約破棄も知っていたの？」

「ちょっとリシャ、可愛い女の子は無視？　俺には運命の出会いだったんだけどな」

「自分が可愛いかどうかなんてわからないでしょ？　それより、どうなの？」

「それは本当に知らなかった。リシャのお父上に言われたのは、『私にも年頃の娘がいてね、どうだろう、君の婚約者にしてもらえないだろうか』だったよ。だけど俺は次男だし、いずれ放棄するとはいえ、まだ王位継承権もある。いくら宰相の娘といってもすぐに返事はできないよ」

それはそうよね。放棄する予定とはいえ、王位継承権を持っている以上は慎重に決めないといけない。自分の意思だけで勝手に決めていい問題じゃない。

「私がルドゥーベル殿下の婚約者だったこと、知らなかったの？」

「そこは……ごめん……。もちろんルドに婚約者がいるとは知っていたよ？　一応俺達は従兄弟だからね。でも婚約者が誰かなんて興味もなくて……それにいずれ平民になる予定の気ままな次男だからね、王位にも興味なかった……。王子教育は王位継承権を持ってる以上、義務だから教わったけど、もし俺が結婚する前にルドが結婚して王子が産まれたらすぐに放棄するつもりだったし、俺は結婚してもしなくてもどっちでもよかった。父上が縁談を持ってきたらするか！　ぐらいの気持ちだったんだ。俺は兄上を支えるつもりだったから、辺境の統治や剣の鍛錬は怠らなかった。ただ、本当にそれ以外は興味がなくて……ごめん」

「そう、なのね……」

だから社交にも一切顔を出さなかったのね。いずれ平民になるならわざわざ社交の必要もない。

それにルドゥーベル殿下を本当はルドって呼んでいたのね。確かに従兄弟だもの、愛称で呼んでも変じゃないのに、いつも殿下や王子と呼んでいた。

今思うとその方が不自然よ。陛下と大公殿下は兄弟なんだから、大公殿下の息子のハンスは親戚だわ。でも、私でさえ親戚だと忘れるくらい他人行儀だった。

「リシャのお父上に声をかけられた時も誰このおじさん、だったんだ。その時宰相だと聞いて驚いたよ。宰相が俺に何の用かって。でも、丘でリシャと会って声を殺して泣いてる姿を見て、実際に話をして、この子を護りたい、助けたい、俺なら泣かせないのに、俺なら……と思った。リシャと過ごす丘の時間が俺の楽しみだった。リシャに一目惚れしたのは本当だよ？　リシャを好きになったからこそルドが許せなかった。腹が立った。だからすぐにお父上に婚約したい旨を伝えたんだ」

宰相の顔も知らないなんて……。でも、興味がないなら知らなくて当然かもしれない。自分とは別世界の人達を私だって知らない。私もこの前初めて街へ行ったわ。その時知ったことは多い。

「でも相談しなくてよかったの？　婚約者よ？」

公爵邸に来た大公殿下は詳しい話はよく知らなかったように思えた。

「父上からはいつも言われていたんだ。自分の言動に責任を持てって。持てないならするなって。リシャを好きな気持ちは愛に変わって一生消えない確信があった。喩《たと》えリシャが俺を好きにならなくても、俺は諦めるつもりはなかったよ。だから婚約者になりたいと思ったし、王位を目指すのも自分で決めた」

だからハンスはいつも前向きな姿勢で取り組んでいるのね。

「俺にはルドの気持ちが信じられないよ。どうしてこんなに可愛くて素敵な女の子よりあんな平民に目がいくのか。俺なんて毎日リシャへの愛しさが増すばかりだよ？　俺、最近宰相の気持ちがよくわかる！」

「私がいつもルドゥーベル殿下に会うのは妃教育の時だけだったから……。ハンスだって妃教育の時だったらわからないわよ？」

「それだってリシャを労り、慰めたいし、素を見せてくれって俺なら言う。弱音や気持ちを隠さないでほしいって。俺の婚約者なんだよ？　一人で泣いてほしくない。泣くなら俺の前で泣いてほしい。俺のために妃教育をしてくれてるのに一人で頑張れって？　俺の妻になるには当たり前だって？　そんなわけないだろ」

「それでも私とルドゥーベル殿下は王命で婚約したから……」

「それでも十年あれば愛しく思うだろ？　その間に愛を育めるだろ？　貴族なんて政略結婚が多いんだ。初めから相手を好きなわけじゃない。それでも皆少しずつ歩み寄る努力をしている。少しずつ相手を知り、好きになり愛しく思うようになる。なぜ、ルドはそれをしなかった？　王子だから？　そんなの理由にはならない」

「そうだけど……」

「俺は確かにリシャに一目惚れした。だけどもしそうじゃなくてもリシャと婚約したらリシャとの時間、リシャとの関係、リシャが今俺にしてくれてるように歩み寄る努力はするよ？　リシャだって少しずつ俺に歩み寄ってくれて俺を好きになってくれたんだろ？　喩《たと》え王命であってもそれを怠ったルドに俺は腹が立つ！」

「ハンス……」

ハンスは本気で怒っている。いつも私以上に怒ってくれる。

そんなハンスだから私は信用できるの。

「でもルドに感謝もしてる。ルドが婚約破棄してくれなかったら、俺と婚約しなかっただろ？」

「そうね」

婚約破棄されなかったら今頃婚姻式を挙げていた。そして私は妃としての役目を果たすだけだった。真実の愛のサラ様がいなくても私が愛されることは一生なく、ルドゥーベル殿下の地位を守るため、ペープフォード国を守るためだけの妃になっただろう。任された執務や外交に私は一人で立ち向かい、一人で戦うしかなかった。助けてくれる人はいない。

どうしてそれが当然だと思っていたんだろう。

ハンスの婚約者になれてとても嬉しい。婚約破棄だけは殿下に私も感謝するわ。

今、私は幸せだから。

「俺はリシャが愛しい。可愛いリシャを婚約者にできていずれ妻にできるんだよ？　こんな嬉しいことはないよ」

それを聞いて私は真っ赤になった顔を俯けた。

ハンスはいつも言葉で伝えてくれる。言葉だけじゃなくて態度でも表情でもハンスの気持ちが伝わる。ただ、私はまだ好意の言葉を素直に受け取めるには恥ずかしい。

私の顔をハンスは覗き込んできた。

「あー、俺の婚約者可愛いー」

（え？　叫ぶの？）

「リシャ、大好きだー」

（お願い、大きな声で叫ばないで）

「あぁ、今すぐ抱きしめたい」

（そんな、頭を抱えなくても……）

彼の様子を見て思わず声を出して笑った。

「リシャ？」

今度は私がハンスを覗き込んだ。

「抱きしめてくれないの？」

「いいの？」

「駄目なの？」

「お父上に怒られない？」

「お父様には言わないわよ」

「リシャは嫌じゃない？」

「どうして？　まったく嫌じゃないわ」

「リシャ」

ハンスは立ち上がり私に手を差し出した。私はハンスの手に手を重ねて立ち上がり、向かい合ったハンスは私を抱き寄せ、抱きしめた。

私はハンスに優しく包まれ、彼の温もりを感じ、恥ずかしいけど安心するような、とても幸せな気持ちになった。

「あぁ、幸せだ」

耳元から聞こえるハンスの声。

「私も幸せ」

「リシャ」

ハンスは私をギュッと抱きしめた。

(うん、幸せ。でもちょっと長すぎない?)

「ハンス?」

「もう少しだけ」

ハンスはもう少しと言いながらそれからもずっと私を抱きしめていた。

(流石に、ね? 私だって幸せって思うし嬉しいけど……)

「ハンス、もうそろそろ」

「ごめん」

ハンスは名残惜しそうに私を離した。今は私の両手とハンスの両手が繋がっている。

「また抱きしめていい?」

「ええ。私もまた抱きしめてほしい」

「リシャ!」

ハンスはまた私を抱きしめた。

(今じゃなかったんだけど……。まあいっか! 私も幸せだし)

「リシャ、ごめん」

申し訳なさそうな顔で謝ってきたハンス。

「ううん、嬉しい」

私はハンスに微笑み、二人でまた椅子に座った。

「そうそう、それで遠縁の遠縁？　の伯爵家に養女に入った話の続きは？」

「そうだった、そうだった」

ハンスは話の途中だったのを思い出したのか、話を元に戻した。

「ルドと婚約するにも平民のままでは婚約できないだろ？　一応公爵家や侯爵家に打診したけど断られたらしい。公爵家や侯爵家だって馬鹿じゃない。いくら陛下の息子がルドしかいないといっても、王位継承を俺がまだ持っていることは知ってる」

「そうね」

「王位継承を持ってる俺とリシャが婚約したことも通達しただろ？　リシャは宰相の娘、それに妃教育も終わり、あとは婚姻するだけだった。俺は王弟殿下で今は大公になった父上の息子だ。兄上の息子も王位継承権は有していたけど、兄上が断った」

「断ったの？」

「辺境の跡継ぎだからね。義姉上はその……」

ハンスは言いにくいのか、言葉を詰まらせた。

「何？」

「妊娠、が、しにくいのか……」

「女性にとっては辛いわよね」

「そうなんだ。それでずっと悩んでいて、よく離縁してほしいって兄上に言っていたんだ。それでも兄上は子は授かりものだから、子よりも義姉上に側にいてほしい、もし子を授からなくとも、弟が嫁を貰ってその子を跡継ぎにするか、遠縁の優秀な子を養子に迎えればいいからって。ようやく五年目に男の子が産まれた。その時に王位継承は断ったんだ。辺境の跡継ぎにしたいって」

「そうなのね」

女性にとって跡継ぎを産めないのは重圧になる。もちろん子は授かりもの。それでも自分を責める。女性として、妻として、自分は役立たずだと。

ようやく授かった子を辺境の跡継ぎにしたいのは当然だわ。王位継承権を持っていれば、何かあった時優先されるのは王を継ぐこと。産まれた男児の王位継承権を放棄すれば憂いなく辺境の跡継ぎにできる。

「何かあった時はお前が頑張れって兄上に言われたよ」

「そう。ハンスのお兄様もいろいろ悩まれたでしょうね。継承権の放棄は、そう簡単にはできないはずよ」

「兄上も悩んだと思う。でも今俺の隣にはリシャがいる。リシャは王太子妃に一番近い存在だ。それにルドの王子としての評価が高くない上に、俺は王位を継げる。そんな二人が婚約したら馬鹿じゃない限りわかるはずだ。それに王弟殿下で大公の父上、この国の宰相でリシャのお父上が俺には後ろ盾で付いてる。この二人に対抗してまで、平民を養女として迎えたい家はないよ。それなら自分の娘をルドの婚約者に推すさ」

「殿下によほど恩を売りたいのでなければそうよね」

「伯爵家でも睨まれれば立場は悪くなる。公爵、侯爵が断ったのに手を挙げる家はいないよ」

「それでも野心家の人ならわからないわよね？」

「野心家だからこそ負け戦はしないよ。それなら娘を俺の側妃にしようとするさ。それでも俺はリシャ以外見向きもしないけどね。側妃なんていらない」

ハンスの強い意志が私にも伝わり、嬉しかった。

唯一側妃を持てると知っていても、実際そうなったら気分はよくない。はっきり言って嫌だ。側妃を迎え入れる事情があったとしても、納得できるかはまた別の話だもの。

「探したけど見つからず、結局最後は王家筋の遠縁の遠縁に王命を出して養女にしたらしい」

「でも王命を出すなら王家筋の公爵や侯爵に出せばよかったんじゃない？」

「俺もそれは思った。遠縁の遠縁にする意味がわからない」

「そうよね、何か理由があったのかしら」

「陛下は何を考えてそうしたんだろう。ルドを廃嫡するならリシャと婚約破棄して平民の女を選んだ時にすればよかっただろ？」

「陛下はルドゥーベル殿下に甘いところがあるから……きっと陛下も真実の愛を確かめたいんじゃない？」

「そうかな？」

「わからないわ。やっぱりただ子に甘い父親なのかもね。王ではあっても陛下も一人の父親だから」

「これは兄上が言っていたんだけどさ、自分の子が産まれるまでは辺境の跡継ぎは相応しい者がなればいいって思っていたらしい。でも、自分の子供が産まれたら、やっぱり息子に継いでほしいって気持ちが強くなったって。きっと陛下も同じ気持ちなんじゃないかな。だからといって甘やかすのは違うんだけどね。兄上は跡継ぎだから厳しく育てないといけないって言っていたよ。辺境は国境の要だしね」

親だからこそ、継いでほしい気持ちが強くなるものなのね。

子としても親の跡を継ぐのは当然だと思う。

でも努力なしには何も成し遂げられない。

「私達は私達ができることを頑張りましょ？」

「ああ。俺は前にも言ったようにルドが真実の愛の相手と婚約するなら、遠慮なく王位を奪いにいくよ。二人にこの国の未来は託せない。リシャも協力してくれる？」

「当たり前だわ。ハンスと婚約した時からついていくって決めたのよ？」

ハンスは真剣な顔で私を見つめた。

「リリーシャ、これから私と一緒にこの国を支え、私の側で助けてほしい」

「はい、ハインスリード殿下のお側でお助けいたします」

「頼む」

「はい」

◆　◆　◆

今日も休憩時間にハンスとお茶をしている。

「そういえば」

「どうしたの？」

「昨日さ、ルドと会ったんだ」

ハンスはルドゥーベル殿下に遭遇した時のことを話してくれた。

ハンスが王城にいることを訝しんだけれど、学院を卒業したことの報告だと思ったらしい。

「俺はルドと別れたあと、すぐに宰相のところへ行ったんだけど」

「え？　ちょっと待って、学院卒業って？」

「令息は通うのが決まりだ。俺の兄上も通ったし、ルドも通っていただろ？」

「そういえば、そうね」

確かに殿下は王立学院に通っていたわ。お兄様達も通っていた。

「辺境から通うことはできないから寮に入っていたんだ。父上は王都に別邸を建てる気はなかったから、俺も兄上も寮に入って学院に通ったんだ」

確かに王都に大公邸はない。大公殿下も王城にはあまり顔を出す方ではなかった。

「学院を卒業してもう王都に来ることもないから、宿屋に泊まって少し王都を見てから辺境へ帰ろうと滞在してた時に、リシャのお父上に声をかけられたんだ」

「そうだったのね。お父様とハンスの接点はどこか、不思議に思っていたの」

「それよりもさ、ルドは本当に何も知らないんだよな。俺が離宮にいることも、それに婚約したことも知らなかった。きっと俺に王位継承権があるのも知らないんじゃないかな」

「それは流石に知っているんじゃない？」

「そう言い切れる？」

「それは……」

私も言い切れなかった。殿下は自分以外にあまり興味がない。

一応ハンスは王位を争う対抗相手。興味がないなんて言っていられないはずだわ。普通なら些細な情報でも知りたいと思うもの。もしかして知っていて油断させるために知らないふりをしている……？　でも殿下はそんな器用かしら。

「それに、ルドの婚約者の教育に相当手こずってるみたいだよ？」

「そう……。今まで平民だった彼女が貴族に、それも王子の婚約者になるんだもの、厳しいとは思うわ」

「俺達は幼い頃から身に付けさせられるからね」

「ええ。私だってルドゥーベル殿下の婚約者にならなくても淑女教育、マナー、ダンス、それにこの国の歴史は成人する前までに教わっていたわ」

「そうだよね。学院は学業というより、交流が主だから」

「ええ。私もだけど、令嬢の中には学院に通わない方もいるもの」

「そうだよね。令息は義務だけど、令嬢は免除される」

「何年かかけて少しずつ身に付けていくものを、数か月で身に付けさせようとするなら厳しくなるのは当たり前だわ。そのくらい少し考えればわかる話よ？」

「ああ」

「それでも、大丈夫なのかしら。私の時だってどれだけ厳しくても、どれだけ辛い思いをしていてもルドゥーベル殿下が気にかけたことはなかったわ」

「リシャは傷つくかもだけど、ルドはその彼女を愛してるんだろ？　だったら気にするさ」

「そうね、私とは違うものね」

ハンスが私の顔をジッと見つめる。

「何？」

「傷つけた？」

「まさか！」

「本当に？」

「ええ。妃教育中にルドゥーベル殿下の気持ちを知っていたら傷ついたと思うわよ？　それでも妃教育を学んでいた時は殿下を慕っていたから、苦ではなかったし耐えられたわ。確かに婚約破棄されて私の十年を返してほしいと思ったのも本当よ？　それでも今はハンスを助けられる最高の武器になったわ」

「リシャ」

サラ様は大丈夫かしら……それでも真実の愛なら乗り越えられるわよね！

愛する人のため、それは何をするにも原動力になるはずだもの……

ルドゥーベル王子視点

私の愛しいサラが伯爵家だと？　それも没落寸前の伯爵家だと？

「アルド、これはどういうことだ」

「私ではお答えいたしかねます」

「どうして私の愛しいサラが没落寸前の伯爵家の娘なのだ！」

「陛下のご意思に従ったまでです」

「お前の家で養女にすればよいではないか」

「……何か言いましたか？」

「いや、何でもない」

駄目だ！　同じ家から二人も妃に迎えることはできない。

リリーシャを側妃にする以上、アルドの家では無理だ！

「ほかにも公爵や侯爵がいるではないか！」

「打診はいたしましたがすべてお受けできないと」

「なぜだ！　いずれは王妃になるのだぞ!?」

「それよりも殿下、王太子教育の時間です。早くご移動いただかないと講師の方にご迷惑かと」

「うるさい！　わかってる！」

「では私はこれで失礼いたします」

アルドが部屋から出ていき、私は手にした紙を投げた。

私とサラが婚姻するには平民のサラを貴族にするしかない。

それはわかっているが、どうしてどこも引き受けない。私は父上の唯一の王子だぞ!!

普通なら喜んで引き受けるべきだ。

それなのに……サラは毎日泣いている。泣かせたくはないのだが……

貴族になる以上、淑女の嗜みが必要なのは私でもわかる。

だから毎日サラを慰めているが……、側室を持てるのがなぜ、婚姻してから一年後なのだ。

一年もサラに辛い思いをさせるのは可哀想だ。

早くリリーシャを側室に迎え、側妃にし、サラの代わりにすべてをやらせないと。

リリーシャは私に惚れている、今か今かと声をかけられるのを待っているに違いない。

打診は本人にしたからな！

それでも正妃が伯爵家で側妃が公爵家ではサラの立場がない。

いっそのこと、サラとリリーシャの爵位を交換するか。サラを公爵家の養女にし、リリーシャを伯爵家の養女にする。

いい考えだ！　宰相には父上に王命を出してもらって黙らせればいい。

公爵家の養女になればサラの義理の父として、宰相はこれまで通り私の後ろ盾だ。

父上に相談だな！　あと、サラの淑女教育も優しくしてもらうように頼まねば。

サラの泣き顔は可愛いが、毎日見るのは私の胸が締めつけられる。

私の王太子教育も急に厳しくなった。厳しくしようが優しくしようが、私の王位は決まっているのだから、今さら厳しくして何になるというのだ。

コンコンコンコン。

「殿下、講師の先生がお待ちしております」

「わかってる！　待たせておけ！」

侍従が呼びに来たか……だがその前に父上に会わなければな。

国王視点

執務室で宰相と執務をしていると突然扉が開いた。

「父上」

大きな声で私を呼ぶ愚息が入ってきた。こやつは礼儀のひとつも知らないのか。

「何だ」

「どうしてサラが伯爵家なのです」

「伯爵家でも養女になれるならよいではないか」

「公爵や侯爵があるではありませんか」

「すべて断られたのだ」

「私は父上の唯一の息子ですよ」

「だから何だ」

「喜んで引き受けるべきです」

息子の言い分に頭を抱えたくなる。

「お前な、平民を養女にするくらいなら自分の娘をお前の婚約者にするだろ。それくらい考えろ」

「私はサラでなければ妻にしません」

「だから伯爵家なのだ」

「ですが、何も没落寸前の家でなくても」

「そことて初めは断られた。それをこちらから無理に頼んだのだ」

「ですが」

「お前は貴族を臣下を、何だと思っている」

「我々と共にこの国を守り支えてくれる者達です」

「そうだ。王だから王子だからと好き勝手にできるわけがないであろう」

「ならせめてサラを宰相の養女にし、リリーシャを伯爵家の養女にしてください」

「お前は馬鹿か!!」

こやつはケイニードの青筋が見えんのか！　ケイニードの怒気に気づきもしないのか！

「王命を出してくだされば」

「そんなことはできん!!」

「ですが」

「話がそれだけなら出ていけ！」

「ま、待ってください、父上、サラの淑女教育をもう少し優しくしてください」

「お前はあの娘と婚姻したいのであろう？」

「はい」

「婚姻が十年後になってもよいなら優しくしてやろう」

「そんな！　十年後など待てません」

「それなら厳しくなるのも仕方がないではないか」

「ですが、毎日泣いています」

「泣くぐらい何だ。お前の妻になるなら仕方がないであろう」

「父上！」

「何だ？」

「いえ……」

「それよりお前も王太子教育の時間ではないのか？」

「それは、今から行きます」

「それなら早く行け！　話は以上だ。私にはない」

私は部屋にいる騎士に目配せし、愚息を執務室から出した。

「すまない、ケイニード」

「何がでしょう」

「愚息が勝手なことを言った」

「いえいえ、何も気にしていませんよ」

「すまない」

ケイニードの目が据わっているな。それに額に浮かぶ青筋も消えていない。

「ハインスリードはどうだ？」

「何のことでしょう？」

「いや、問題なければよい」

ハインスリードの進捗は聞くなってことか。なら順調なのだろう。

愚息はリリーシャを無下に扱いすぎだ。婚約を破棄しておいて側妃にできると本当に思っておるのか。ケイニードが許すわけがない、それさえもわからぬとは……

第三章　王太子としての試練

ハンスと婚約して一年が過ぎ、彼の王太子教育ももう終わった。

やっぱりお父様ね、いまだに教育は終わっていない。今は帝王学を学んでいるはず。

今日はハンスと一緒に陛下に呼ばれた。

私は公爵家の馬車に乗り、王宮の正門から入った。

かつて毎日通った門、久しぶりに通ると背筋が伸びる。

馬車が着き、扉が開かれた。

「リシャ」

優しい声で私の名を呼び、手を差し伸べてくれた愛しい婚約者、私はその手の上に自分の手を重ねた。

ハンスの手を借り、馬車から降りる。

私達は見つめ合い、微笑み合う。

「うっ、可愛い、似合う。やっぱり俺のリシャは何でも似合う。あー、俺の色、似合いすぎる！」

(あぁ、聞かなかったことにしよ)

今日はハンスから贈られた、瞳の色のブルーの生地に髪の色の銀の糸で刺繍が施されたドレスを着ている。ハンスから婚約の時に貰ったサファイアの指輪、それから誕生日に貰ったネックレスとイヤリングも身に着けた。

確かに全身ハンスの色ね。

「リリー、よく来たね」

「お兄様」

ハンスに隠れて見えなかったけど、アルドお兄様もハンスと一緒に出迎えてくれた。

「俺の妹は可愛い。どんな色でも着こなせるこの容姿。どんな色でもね？」

（うん、こっちも聞かなかったことにしよ）

「それよりお兄様までどうして？」

「俺は今日はハインス付きだからだよ」

お兄様がハンス付き？　いつもは殿下に付くことが多いお兄様が？

「リリーは可愛いね」

お兄様は私を抱きしめた。

「義兄上！　俺の婚約者です！　勝手に抱きしめないでください」

「ハインス、リリーは、まだ、エイブレム公爵家の令嬢だ。そして俺の可愛い妹だ。残念だったな」

ハンスはお兄様から私を引き離し、自分の方に抱き寄せた。

（これ、いつまで続くのかしら……）

「ねぇ、陛下をお待たせしてもいいの？」

「そうだよね。行こうか」

ハンスの腕に手を添え、エスコートされて歩きだした。

王城の中の長い廊下を歩いていると、和やかに会話をしていたハンスの口調が変わった。

「アルド」

「はい、ハインスリード殿下」

お兄様も今は宰相補佐の顔をしている。

「前からルドゥーベルが来る」

「承知いたしました」

「リリーシャ」

「はい、ハインスリード殿下」

「リリーシャは私の後ろへ」

「はい」

まだ顔も確認できないほど遠い距離。

ハンスは腕に添えていた私の手を繋ぎ、前に進む。お兄様はハンスより少し前を歩いている。

私でもルドゥーベル殿下の顔が確認できるまで近づいた。

「ハインス？　ハインスではないか」

ルドゥーベル殿下の声が廊下に響いた。

「こんな場所にどうした」

「ルドゥーベル殿下。陛下に呼ばれまして」

「ん？　後ろにいるのは婚約者か？」

「はい」

ハンスは私が見えないように背中に隠した。

私はハンスの背中にすっぽり隠れ、背中越しに二人の会話を聞いている。

「ついにハインスも婚約者ができたか」

「ついにではありません。婚約してすでに一年経ちました」

「なんだと？　私は聞いてないぞ」

「確かに殿下に報告はしていませんが、調べればわかることです」

「それでも私とハインスの仲ではないか。紹介するのが筋ではないのか？」

「わざわざ私の婚約者を殿下に紹介しろと？」

「それが当然だろう。何か隠す必要があるのか？」

「では殿下はこの国のすべての婚約を把握していらっしゃるんですか？」

「すべてを把握する必要はない」

「私も陛下の臣下です。陛下はご存じです。陛下には紹介はしました。陛下がご存じなら問題はないかと思いますが」

「それでもハインスの口から聞きたかった」

「王太子でもない殿下にわざわざ紹介する必要はないかと思いますが」

「いずれ王太子になる。私は父上の唯一の息子だ。それに私達は従兄弟ではないか。そうだろ？」

「そうですね。私達は従兄弟です。私の父上は今は大公になりましたが、王弟です」

「そうだ。だから私達は従兄弟なのだ」

「ええ、私達は従兄弟です」

ハンスは何度も私達は従兄弟だと言った。

普通なら何か変だと思う。わざわざ言葉にしなくても誰もが知っている事実だから。

ハンスは何度も殿下にわからせようとしている。自分も王族の一員だと、王位継承権を持つ一人だと。でも殿下はまったく気づかない。

「なら従兄弟に紹介をするのは当たり前ではないか」

「おかしなことを言いますね」

「何がだ」

「私は一度もルドゥーベル殿下から婚約者を紹介されていませんよ？」

確かに一度も紹介されていない。

ハンスが辺境で暮らしているとはいえ、王立学院に通っていた時は王都で暮らしていた。寮生活とはいえ外出はできる。その時に私を自分の婚約者だと紹介する機会はあった。

従兄弟なら紹介するのは当たり前ならなぜ紹介しなかったのか……

「私の婚約者はこの国の者なら皆知っている。違うか？」

「ええ、そうですね。殿下が長年連れ添った婚約者を一方的に婚約破棄し、元平民で今は伯爵令嬢でしたか？　伯爵令嬢と婚約したのはこの国の皆が知っていますよ」

「ハインス！　言っていいことと悪いことがある！」

「それは失礼しました。ですが、それが事実では？」

「なんだと⁉　この国の唯一の王子に対して不敬だぞ！」

「それは失礼しました」

「ハインスリード、口を慎め」

ルドゥーベル殿下の低い声。殿下にも王子らしい一面はあったのね。

「では、私の婚約者を紹介しましょう。私の婚約者のリリーシャ・エイブレムです。リリーシャ、ルドゥーベル殿下に挨拶を」

「はい、ハインスリード殿下」

私はハンスの背中から一歩横にずれ、カーテシーをした。

「ルドゥーベル殿下、ご機嫌麗しゅう存じます。ハインスリード殿下の婚約者、エイブレム公爵家長女リリーシャと申します。以後お見知りおきを」

「リリーシャ、君はすべて完璧で美しい。素晴らしい挨拶だったよ。疲れるだろう？　もう姿勢を戻していいよ」

「はい、ハインスリード殿下」

私はカーテシーをやめ、姿勢を正した。

目の前にはルドゥーベル殿下と殿下にもたれかかるように体を密着させているサラ様。

私は二人に微笑んだ。

「あ！　この子ルドの元婚約者の子だ！」

サラ様の大きな声が廊下中に響き渡った。

（あら、サラ様の声が甲高いからかしら、反響が……）

サラ様は私を指差した。

（淑女？　ではないわね。淑女以前に人を指差してはいけないわ）

すかさずお兄様は注意した。

「サラ様、大きな声を出してはいけません。それと人を指差してはいけません」

「アルド！」

（あら、今度は殿下の声が反響してるわ）

「ルドゥーベル殿下、サラ様は伯爵令嬢です。平民ではありません。淑女たる者のすべきことではなく、それ以前に指を差すのは人としてすべきではありません」

「アルド！　何ということを！」

殿下が何度声を荒らげようがお兄様は確固たる姿勢を崩さない。

「ルドゥーベル殿下、殿下は淑女の嗜みをご存じではありませんか？」

「それは……知っているが」

「ではルドゥーベル殿下、今のサラ様の行いは淑女としていかがですか。お答え願えますか」

「サラはまだ勉強中だ。少々のことで目くじらを立てるな」

「これは失礼いたしました」

お兄様は殿下に頭を下げた。

(勉強中と言ってもね……。それに少々？　その少々から直していかないと恥をかくのはサラ様だけではないのに……。ひとつずつ直さなければいつまでたっても粗野なままよ。癖になっているのなら尚更だわ。お兄様は見かねただけで、殿下が注意しなくて誰が注意するの？　ここにいるのは知り合い……だからまだよかったけど、これがほかの貴族ならどうしていたのかしら)

「それよりもリリーシャ！」

「はい、ルドゥーベル殿下」

私は殿下に微笑んだ。

(あら、油断してたわ)

「これはどういうことだ！」

殿下は怒った顔をして私を見つめている。

「これは、とは」

「お前は私の側妃になるのだろう」

「ルドゥーベル殿下、わたくしの婚約者の前で、いくら殿下でも不義理にとられかねない言葉はやめていただきたく存じます」

「リリーシャ、君はルドゥーベル殿下とそんな約束をしているのか？」

ハンスは私を疑うような顔を見せた。

「ハインスリード殿下、誤解ですわ。わたくしは約束などいたしておりません。わたくしの婚約者はハインスリード殿下。そしてわたくしの愛するお方もハインスリード殿下だけですわ」

私は焦った顔をしてハンスを見つめた。

「本当か？」

「本当ですわ。わたくしの言葉をお疑いですか？」

「リリーシャの言葉は信じられる。だが一国の王子が、陛下のただ一人の王子が嘘をつくわけもないだろう」

「まあ、ハインスリード殿下はわたくしをお疑いですのね」

私は悲しげに顔を俯けた。

「わたくしがお慕いしておりますのも、わたくしが妃になりたいと願うのもハインスリード殿下だけですわ」

私は俯けた顔を上げ、ハンスを見つめる。

「わたくしを信じていただけませんの？」

私はハンスの腕に手を添えて、ハンスの瞳をさらにじっと見つめる。

ハンスは私の手を取って口付けした。

「いいや、リリーシャを疑ってはいない。すまない、私の愛しい婚約者を誰にもとられたくないだけだ。愛しい婚約者には私だけを見つめてほしい」

「わたくしはハインスリード殿下だけを見つめておりますわ」

「愛しい私の婚約者よ」

ハンスは私の手の甲に口付けした。

私は頬を染めハンスを見つめる。私の手の甲に口付けしているハンスと見つめ合った。

(ちょっとハンス、ここぞとばかりに何度も口付けしなくてもいいのよ？　本当に恥ずかしいんだからやめて？)

嬉しそうに何度も手の甲に口付けするハンス。

私はどうしていいのかわからず、ただただじっと動かず、ハンスを見つめるしかなかった。

「ハインス！」

殿下の声にハンスは口付けをやめた。微笑んではいるけど、少し不機嫌な顔をしている。

「ルドゥーベル殿下、何か」

(ハンスの笑顔が怖いわ……)

「何かだと！　聞いていなかったのか、リリーシャは私の側妃にすると言っている」

「ルドゥーベル殿下、重罰、はもちろん、ご存じですよね？」

「クッ」

悔しそうに顔を歪ませた殿下。

「リリーシャは私の婚約者。一年前から私の婚約者です。いくらルドゥーベル殿下がリリーシャを側妃にすると言っても、それは無理な話です」

「ハインス、ハインスは次男だ。しかも平民になるのを望んでいるのだろう？　リリーシャは公爵令嬢だ。平民の妻か王子の妃か、どちらがリリーシャによいと思う。そう思わないか？」

「フッ、ご自分で婚約破棄しておいて今さらですか」

ハンスは殿下に嘲笑った。

「ハインス、口を慎め！」

「私は誰かと違ってリリーシャと絶対に婚約破棄はしませんよ」

殿下は怒り心頭に発したようだ。ハンスの隣に立つ私をキッと睨んだ。

「おい、リリーシャ！」

「はい、ルドゥーベル殿下」

私は殿下に微笑んだ。

「リリーシャは私を好いておるのだろう？」

「以前は、お慕いしておりました。ですが今は、殿下を慕う気持ちはまったくありませんわ」

「あれだけ慕っていたではないか」

「ですから以前は、と申しましたわ。わたくしは殿下の婚約者でしたもの。いずれ殿下の妃になると思えばこそ、お慕いもしておりました」

「では」

期待をするように殿下は私を見つめる。

「今はハインスリード殿下をお慕いしております。わたくしの婚約者は殿下ではなくハインスリード殿下ですわ。婚約者でもない殿方をどうしてお慕いするのです？」

私はにっこりと微笑んだ。

「何だと、リリーシャ！」

「殿下、わたくしはもう殿下の婚約者ではありませんわ。気安くわたくしの名前を呼ぶのはおやめください。これからはリリーシャ嬢、もしくは家名でお呼びくださいませ」

「ではもう私を慕っていないと言うのだな！」

「はい。まったくお慕いしておりません」

私は真顔で殿下をまっすぐ見つめる。

「私が婚約破棄した時、お前は婚約破棄はお受けしますと言った」

「はい。わたくしは婚約破棄『は』お受けいたしますと申しました。ですが、側妃になるとは一言も申しておりませんわ」

「だが断るとも言っていない」

「ふふっ、殿下もご冗談を申されますのね」

「何がだ」

「確かにわたくしは断るとは申しておりませんわ。それでも、側妃にする、は口約束ですわよ？口約束に何の制約もございません」

「リリーシャ！」

「それに、側妃を娶るにしても殿下が婚姻をしてから一年後、それからしか打診はできませんのよ。

その時、婚姻している者、婚約者がいる者に打診はできませんわ」

「婚約破棄した時にお前に打診したではないか。あの時のお前は誰とも婚姻も婚約もしていなかった」

「ふふっ、またまたご冗談を。殿下は『お前が頼むのであれば側妃にしてやってもよい』とおっしゃいましたわ。わたくしが頼むのであれば、ですのよ？　わたくしがいつ側妃にしてほしいと殿下に頼みました？　今後も頼むつもりはございません。それと、『サラ様の手となり足となり影として生きるなら私の側にいることを認めてやらんでもない』でしたか？　わたくしは陰で生きるより日の当たる場所で生きていきたいのです。それに、認めていただかなくても殿下の側にはもう近づくつもりはございませんわ」

「リリーシャ！　お前はハインスと婚約破棄して私の側妃になればいいんだ！」

「ルドゥーベル殿下、わたくしはハインスリード殿下を愛しておりますの。いくら殿下といえど愛する者同士を引き離す権限は殿下にはありませんわ。それなら殿下もサラ様と婚約破棄し、妃に相応しいお相手を探されてはいかがでしょうか」

「なぜ私が愛するサラと婚約破棄しないといけない」

「ならわたくしも愛するハインスリード殿下と婚約破棄したくありませんわ」

私は殿下から目を逸らさず強い意思で見つめる。

淑女としての微笑み？　そんなもの今は必要はない。私は真剣に話していると、きちんと拒否をしているとわかってもらわないといけない。曖昧な表現をすれば自分の都合のいいように受け取る殿下。だからこそ私が今すべきは確固たる意志を示すこと。

ハンスが私の腰を抱き寄せた。

「リリーシャ、陛下をお待たせするのはよくない。さあ行こうか」

「はい、ハインスリード殿下」

私はハンスに微笑んだ。

「アルド、待たせて悪かった、行こうか」

「はい、かしこまりました、ハインスリード殿下」

私はハンスに腰を抱かれ歩き出した。

歩き出したハンスはルドゥーベル殿下の目の前で立ち止まった。

「あぁ、そうそう、ルドゥーベルは知っていると思うが、私達は従兄弟だ。陛下の息子はルドゥーベルしかいないが、私の父上は王弟殿下、そして私はその息子。なら私が王位継承権を持っていると知っているはずだよね。私はルドゥーベル以外で唯一王位継承権を持ち、ルドゥーベル以外で唯一王位を継げる」

「だが、ハインスは放棄するのだろう」

「以前は放棄する予定でいた。だが、今は状況が変わってね、王位継承権を放棄する予定はない」

「何だと!?　私は父上の唯一の息子だ」

「ああ、ルドゥーベルは陛下の唯一の息子だ」

「なら、私が継ぐのが当然ではないか」

「それでも、貴方は王位継承権を持つ一人の王子にすぎない」

「ハインス！」

殿下は苛立ちのあまり大きな声を上げた。

今、この場で必要なのは冷静さ。大きな声を張り上げるしかできない殿下と、冷静に行動したハンス、どちらが王に相応しいのか。

王とは感情を表に出してはいけない。どんな時でも冷静さを失ってはいけない。冷静さを失えば判断を誤る。

「ハインスリード殿下」

お兄様はスッとハンスの少し後ろに立ち声をかけた。

「ああ、アルド、すまない。待たせた、行こうか」

ハンスは腕をスッと私に向け、私はハンスの腕に手を添えた。

ルドゥーベル殿下の横を通り過ぎる時もハンスは殿下を一切見ず、毅然とした態度でゆっくりと歩いた。

今度こそ私達は陛下が待つ執務室へ向かった。

私達が通り過ぎたあと、ルドゥーベル殿下は何か叫んでいた。王城の廊下には怒声が響いていた。

王城の廊下から陛下が待つ執務室へ向かっている途中、ハンスは何か言いたそうに私をじっと見つめている。

「何？　どこか変なところでもある？」

今から陛下に会うのにどこかおかしければ直してから行きたい。

私は顔を俯けてドレスを見た。別に乱れている様子はない。イヤリングも取れていない。自分ではわからないけど、お化粧が落ちるようなこともしていない。

「リシャがわたくしって言うの、初めて聞いた」

「そりゃあ公の場ではわたくしでしょ？　ハンスだって私って言うじゃない」

「それもそうか。でもルドには笑えたね」

ハンスはにこっと私を見て笑った。

「側妃を持つ条件も知っていて、それでもなお婚約破棄した時に言ったことを、それも思い違いのことをいまだに信じていた。それにリシャは公爵令嬢だよ？　ルドとの婚約破棄は確かに痛手かもしれないけど、それだってルドの心変わりが原因で、リシャに落ち度はない。婚約者なんて引く手あまただろ？　それを、ククッ」

「ハンス」

私は隣で声を出して笑っているハンスに名前を呼んで窘めた。

「俺が大声で笑いたいのを我慢しているだけ褒めてよ」

「もう、ハンスったら。それでも確かに笑えるわね。婚約破棄はお受けしますで、どうして側室はお受けしますになるの？」

「ククッ」

「ふふっ」

私も思い出したら笑えてきた。

ハンスと顔を見合わせ、お互い声を出して笑ってしまった。

「こらこら、二人共」

「ごめんなさい、お兄様」

「すみません、義兄上」

お兄様は私達を優しく注意する。

(でもお兄様も少し笑っていない？)

お兄様はすまし顔だけど、内心ではきっと笑っている。家族しかわからないと思うけど、私達を注意する声が少しだけ弾んでいたから。

「あれでも殿下はずっと信じていたんだぞ？　リリーが側妃になると。陛下にもリリーが側妃になると言っていた。陛下は信じていないがな」

「当然です。リシャがもし今でもルドを慕っていても、義父上が側妃を許すわけがありません」

「そうだ、父上が許すわけがない。婚約者になることさえ反対していたんだ。それを側妃に置き換え、本来なら王妃がする執務をさせようなど、父上が許すわけがない。俺も許さない」

お兄様は強い口調で言った。その瞳からは殿下に対する怒りが見えた。

「お兄様……」

「さあ、陛下の前に行くぞ」

「「はい」」

コンコンコンコン。

「ハインスリード殿下とリリーシャ嬢をお連れしました」

「入れ」

お兄様が扉を開け、私はハンスのエスコートで部屋の中に入り、陛下の前でカーテシーをした。

ハンスも臣下の礼をする。

「ハインスリード、リリーシャ、挨拶はよい。頭を上げてくれ」

「「はい、陛下」」

私達は姿勢を正した。

「ハインスリード」

「はい、陛下」

「王太子教育は終わったのか？」

「はい、無事終了いたしました」

「そうか。では本題に入る。三か月後、周辺諸国を招くことになっているのは知ってるな」

「はい」

「三日間宴を行う。三日間の内、一日をハインスリードとリリーシャが客人をもてなせ。私は口出しはしない。すべて二人でもてなすのだ、よいな」

「「はい、陛下」」

「ハインスリードにはアルドを付ける。だが、アルドには助言はさせない。手配などの補佐をするのみだ、よいな」

「「はい、陛下」」

「話は以上だ。下がれ」

「「はい、陛下。失礼いたします」」

私達は執務室を出た。ふと気になってお兄様に尋ねる。

「ルドゥーベル殿下に付くのはもしかしてお父様ですか？」

「いや、ルドゥーベル殿下には殿下の側近の宰相候補がいただろ？」

「ローガンス公爵令息ですよね？」

「そうだ。その者が付く」

「それならお兄様がルドゥーベル殿下に付いて、ローガンス公爵令息がハンスに付くべきではありませんか？　ルドゥーベル殿下はあれでも陛下の唯一の息子です。それにお兄様は今は宰相補佐ですが、次期宰相、ハンスは継承権を持ってるといえど二番目です」

「三か月ずっと一緒にいるんだ。気心が知れた方が動きやすいからだろう」

「確かにそうですが……」

それでもお兄様はお父様の補佐をしているから、陛下の側にいつも仕えているとはいえ、殿下との接点は多い。

殿下の幼馴染で学友のローガンス公爵令息エミリオ様は殿下の側近で宰相候補にはなっていたけ

ど、お兄様が次期宰相に決まり今は文官。気心が知れているかもしれないけど、殿下は陛下の息子。賢い方だから殿下を支えられるとは思う。でも、立場はお兄様よりも下。

殿下がエミリオ様で、ハンスがお兄様、本当にそれでいいのかしら。

「俺は指示を受けて動くだけだ。それ以外に口出しはしない」

「わかりました」

「義兄上」

私とお兄様の話を黙って聞いていたハンスの真剣な声に、私は彼を見つめた。

「何だ？」

「この準備の三か月は公に入りますか？」

「ハインスはどう思う」

お兄様の表情からは何も窺えない。

ハンスは一度笑った。それからハンスの顔つきが変わった。

「そうですね……アルド、本日から私の指示に従うように」

「はい、ハインスリード殿下」

お兄様は少し頭を下げた。

「では離宮へ戻り、今から話し合いをしよう」

ハンスは私とお兄様をまっすぐ見つめた。

「リリーシャ」

「はい、ハインスリード殿下」

「リリーシャは私の婚約者だ。私と立場は対等と思ってほしい」

「はい、承知いたしました」

私も目を逸らさずハンスを見つめる。

「なら離宮へ戻ろうか」

ハンスは微笑んだ。

「ええ」

私もハンスに微笑み返した。

私達は執務室をあとにして離宮へ向かった。

国王視点

ハインスリードとリリーシャが出ていってからしばらくして勢いよく扉が開いた。

「父上！」

ルドゥーベルは勢いよく私が座る机を両手で叩いた。

「何だ」

私はルドゥーベルを正面から見つめた。

「どうしてハインスが王位を継げるのですか。父上の息子は私一人です。王位を継ぐのは私、私が王太子になる、そうですよね」

「落ち着け、ルドゥーベル」

「父上、私が王太子ですよね⁉」

話を聞こうとしないルドゥーベルに溜息が出る。

「はぁぁ、ルドゥーベル、お前は私の息子だ。ハインスリードは私の弟の息子、どちらも王位継承権を持っている。私の息子でも王太子に相応しくなければハインスリードが王太子になっても何ら不思議はない」

「父上！」

ルドゥーベルは感情のままにまた机を叩いた。

「すまないがケイニード、席を外してくれるか」

「承知しました」

ケイニードと部屋の中にいた騎士にも目配せし、出ていかせた。これ以上醜態《しゅうたい》は晒せない。

部屋の中にはルドゥーベルと婚約者であるサラだけが残った。

「なあルドゥーベル、お前が私の息子だとしてもお前にもう勝ち目はない。リリーシャと婚約破棄した時点でな。私はお前に甘いと皆が知っている。だから最後の親心だ。その娘の養女先、伯爵家に婿に入れ。伯爵家は跡継ぎがおらず、今は余命いくばくもない寝たきりの老人が一人だけだ。当主が亡くなれば伯爵家は没落する。今は領地経営を代わりにしていてな、生活には問題はない。王位継承権を放棄して王族籍から抜け、伯爵家当主になれ。そして貴族として臣下として、父を、ハインスリードを支えてはくれないか。な？　ドゥー」

私は産まれた時から呼んでいた愛称で息子を呼んだ。

わかってくれ、この親心を、その思いだけだった。

サラという女の養女先に王命を出してまで伯爵家を選んだ理由は廃嫡し、息子を平民にする、それをしないためだ。

親として甘いと言われようが、可愛い息子だ。

王族から抜けて伯爵家の当主になれば、誰もルドゥーベルを担ごうとはしないだろう。下手に王族のままでいさせるのはルドゥーベルにとって得策ではない。担がれて謀反でも起こせば処刑だ。アンスレードとケイニードが後ろにいるハインスリードに、息子の勝算はない。

伯爵家の領地は生活していくのに不自由はなく、老当主の奥方も一昨年亡くなった。二人の息子は幼い時に流行り病ですでに亡くなっている。親戚筋を養子に、と話もあったが頑固者で有名だった当主の家に来る者はいなかった。跡継ぎが不在だからこそ後継者争いもない。

もし今後ルドゥーベルが廃嫡になるようなことをしても、老当主が亡くなれば没落する伯爵家だ。言い方は悪いが被害を最小限で抑えられる。

王命を出した時、伯爵家の領地と領民は必ず護ると約束した。

元々現当主が亡くなれば国へ返納される領地だ、誰かに任せるつもりでいた。

「父上は本気で言っているのですか！」

「ああ」

私は真剣な声で答えた。息子にも揺るぎない意志だと伝わるように。

「私は諦めません。私が王太子になる。伯爵家になど婿に入るつもりはありません」

ルドゥーベルは目を逸らさず私を見つめている。そこには強い意志が見て取れる。

ドゥーよ、その顔をどうしてもっと早くできなかった。

「そうか……、わかった。三か月後に周辺諸国を招待する。その時三日間宴を行う。三日間の内一日をルドゥーベルとサラが客人をもてなせ。私は口出しはしない。すべて二人でもてなすのだ、いいな。ルドゥーベルにはエミリオを付ける。エミリオには助言はさせない。お前の指示を聞いて手配をするだけだ、よいな」

「わかりました、お任せください」

ルドゥーベルは頷いた。

「私もですか？」

ルドゥーベルの後ろにいたサラは首を傾けた。

「当たり前だ。ルドゥーベルの妃になるのならな」

「妃？　妃ってお嫁さんのこと？　ルドのお嫁さんにはなるけど、そういうのは元婚約者の人を側妃にしてやらせるってルドが言っていました。さっき誰かの婚約者だって言っていたけど、あの人に頼んでもいいんですよね？」

「私はルドゥーベルとサラ、二人で、と言ったはずだ」

「そんなの無理です。私には無理です」

サラは無理だと顔を横に振っている。

「それでもルドゥーベルが選んだ婚約者だ。言い訳は聞かない」

「そんな……」

悲しげに私を見つめたところで前言撤回はしない。

「私からの話は以上だ。もう出ていきなさい」

「父上！」

「話は以上だ！」

私はまた手元にある書類を目にした。

ドゥーよ、最後の親心だったのだ…………

◆　◆　◆

私達は離宮のハンスの執務室、彼がいつも勉強している部屋に入った。

「アルド、早速で悪いが資料をすべて揃えてほしい。今回の招待客、過去の晩餐会の席次、料理、すべての資料を明日の朝までに揃えられるか」

「はい、殿下」

「では明日、朝九時に執務室に持ってきてほしい」

「承知いたしました」

お兄様が執務室から出ていったあと、ハンスと私は離宮の庭を散歩しながら話し合った。

「きっとこれはテストだと思う」

「テスト？」

「公私を分けるテスト。俺もさ、ルドは陛下の息子だから、義兄上が付くべきだと思うんだ」

「そうよね」

「でも義兄上は俺に付いた。そしてルドには友人が付いた」

ハンスは私より一歩前を歩く。毅然として前を向くハンスには、今何が見えているのだろう。

「リシャと婚約して一年、俺は義兄上に『私』では信頼も信用もされていると思っている。それでも『公』では信頼も信用も築けていない。反対にルドは義兄上と『公』の付き合いしかない」

確かにそうね。お兄様は王城の中でしか殿下と接点がない。幼馴染でも学友でもない。仲よくなんて到底なれない。

お兄様にとって殿下は王子であり私の元婚約者、その線引きははっきりしている。

ハンスは立ち止まり、振り返った。

「周辺諸国を招く晩餐会は『公』だ。ルドと義兄上の関係性なら抜かりなくできるだろう。それでも俺なら？　俺は義兄上を信頼も信用もしている。それは『公私共に』と思っていたけど、『公』で関わったことがないのにどうして信頼も信用もしているのか――俺は義兄上に甘えがあるからだと思った。義兄上なら、義兄上が俺を裏切らない、俺を助けてくれる、俺を信頼も信用もしてくれるはずだと。『私』の時は義兄上と義弟の関係だけど、『公』になれば俺が王族で義兄上は臣下、それでも臣下は仕える王族を選ぶことができる。俺かルドか、どちらに仕えるか、それを決めるのは義兄上だ」

「そう、ね」

「義兄上は次期宰相、もし俺が王位を継げば俺の右腕になる。俺は次期宰相と関係を築き、信頼と信用を築かないといけない」

「そうね」

陛下とお父様は幼馴染ではあるけど、今の関係性はまた違う。

王と宰相として関係性を築いている。幼馴染だけの関係性なら、もっと希薄かもしれない。

「俺の父上と義父上の関係性、公と私の分け方、俺は父上達のような関係性をアルドと築きたい」

お父様と大公殿下の関係性はよい手本になるだろう。

時には王族と臣下、時には兄と弟、時には仲のよい友人、それをその時々で使い分け、そして瞬時に切り替える。

でも今はまだハンスとお兄様には足りない。信用も信頼も、この人を支えたい助けたい、その忠誠心は今のところお兄様にはない。お兄様に認めてもらうにはハンスが示すしかない。

「指示ひとつ、書類一枚、すべて抜かりなくやるには俺だけでは難しい。だからリシャにも手伝ってもらいたい」

「それはもちろん」

「遠慮はいらない。言いたいこと、聞きたいこと、わからないこと、すべて二人で話し合おう」

ハンスの目を見て頷く。ハンスがお兄様に認めてもらえるように私もハンスを助けたい。

きっと私の力は微力だ。それでも私の持てる力で支えたい。

「そしてきっと、これもテストだ。陛下はすべて二人でと言っただろ？」

「ええ」

「国王と王妃は二人でひとつだと思う。二人で力を合わせて国を民を守る。国王が外交をするなら王妃は補佐に徹し、国王が国を空ける時は王妃が国を守る。今度の周辺諸国を招く晩餐会はいわば国、どう二人で協力し二人で築き上げ、二人でどうもてなすか、それらを見るテストのはずだ」

「そうね。テストと言われるとしっくりくるわ」

「だろ？　それにルドには気心が知れた友人が付いた。それも俺と義兄上と同じ条件なんだ」

「確かにそうね」

「これは王太子になるためのテストだ。俺かルドか、どちらが相応しいか、決めるテストだ」

「ええ、多分そうだと思うわ」

ハンスは私をまっすぐ見つめた。

「リリーシャ。……抜かりなくやろう」

「はい」

ハンスの瞳から強い意志が伝わった。殿下には負けたくない、そう語っていた。

私達は明日から始まる王太子テストに向けて、二人で力を合わせようと誓い合った。

晩餐会へ向けて準備する中、思い返したのは王子妃教育についてだった。

私も王城へ周辺諸国を招く時はいつも殿下の婚約者として出席していた。殿下と婚約中、まだ成人していない私は昼過ぎに開かれるティーパーティーにのみ出ており、夜に開かれる晩餐会には出席したことはない。

社交界に一切顔を出さないハンスはもちろんのこと、私も晩餐会については疎い。

それでも、過去に行われた晩餐会の詳細が明記された資料を読めば想像はできる。周辺諸国の王と妃の顔と名前は頭に入っているから。

「毎回決められた席に座って食事をし、そのあと移動して社交か……」

「そうね」

私達は資料を一枚ずつ見ながら話をする。

「食事だけでも時間がかかるのに、そのあと会場を移動してダンス。それを三日間？　大変だな」

「三日間、昼はティーパーティーもあるのよ？」

「晩餐会は必ず出席しないといけないけど、ティーパーティーはそうではないだろ？」

「それでも皆さん、出席されるわ」

「晩餐会はこの国の高位貴族も出席するけど、ティーパーティーでは周辺諸国の招待客だけ。そこで国同士の社交も兼ねるってことか。昼に腹を探りつつ、晩餐会で話を詰めるんだな……」

「多分ね。でもティーパーティーの主は女性、晩餐会の主は男性、暗黙の了解になっているわ。だから男性は奥様から情報を聞いて晩餐会で話を持ちかけているんじゃないかしら。女性は話しながら身に着けている物も見ているから。ドレスや装飾品、お化粧まですみずみ観察するわ」

私はそこまでの余裕はなかった。粗相をしないように、そればかり考えていたから。失礼なことは言っていないか、話をする相手の顔色ばかり窺っていた。私が話した内容で不興を買ってペープフォード国が危険に晒されるのが嫌だったから。

「なら三日間、俺もティーパーティーに出席するか」

「殿下、今回のティーパーティーは殿下は不参加するようにと陛下から通達がありました」

ソファーに座るハンスの横に立つお兄様。

「そうか、わかった。残念だけど今回は諦めよう」

私はハンスと向かい合ってソファーに座っている。

「今回の招待客は……」

招待客リストを見ていたハンスは急に怒気を纏《まと》った。

「アルド、これは？」

ハンスの怒りを含んだ低い声……部屋中に緊張が走る。

「私は何を用意しろと言った」

「はい、殿下。招待客、過去の晩餐会の資料をと」

「そうだ。私は、今回の、招待客と言った。誰が前々回の招待客のリストを用意しろと言った。それに、これは何だ、不備もある」

「申し訳ありません」

お兄様は深々と頭を下げた。

「ハンス、私にも見せて」

私はハンスから受け取りリストを見る。

お兄様にしては珍しい失態。こんな間違いをする人じゃない。それに昨日の今日であのお兄様が資料の準備ができないわけがない。

私達は昨日陛下から伝えられたけど、お兄様は早い段階で伝えられていたはず。三か月も私達に付くのなら宰相補佐の代わりを誰かに頼まなくてはいけない。それにお兄様なら決まった時点でそれ相応に準備をしたはず。もし準備が間に合わないと思ったらお兄様は必ずハンスに伝える。

ハンスは自分がお兄様に認めてもらわないといけないって言っていたけど、それはお兄様にも言えること。王を目指すなら当然王になる可能性がある。いずれ宰相に就くお兄様はそのハンスに公の部分で信用も信頼もされないといけない。このような失態をしていたらハンスの信用も信頼も得られない。

お兄様がそのことに気づかないはずがない。

もしかして、これも何かのテストなのかもしれないわね。

「リシャも気がついた？」

「ええ、アルド、これは貴方の失態よ？　急いで今回の招待客のリストを殿下に提出しなさい」

「はい、申し訳ありません」

お兄様は深々と頭を下げ、部屋から出ていった。

私は手に持つリストを見ていた。

「リシャ、ありがとう」

「何が？」

私はリストからハンスの顔を見つめる。

「だって『兄』ではなく『アルド』って」

「当たり前でしょ？　今は私はハンスの婚約者、殿下の妃の立場でしょ？」

「そうだよ。それをわかっててくれて嬉しかったんだ」

「私はハンスの側で支えるって言ったわ」

「わかっている。それでも嬉しかったんだ」

ハンスはにこにこと笑っている。

私は今ハインスリード殿下の婚約者、お兄様とは一線を引かないといけない。身内であっても間違いを見逃してはいけない。身内だからこそ厳しく接しなければ。

「それより……」

私はリストをハンスにも見えるように机の上に置いた。

「やっぱりこれは前々回のだ。隣接していない帝国とはいえ、帝国とは友好国だ。友好国の情報を知らないなど許されない。前々回、皇后は欠席され皇帝お一人だった。前回は皇女が皇后の代わりに出席した。今回も皇女が出席する」

「ええ、ここ数年、体調を崩されて今も床についてるはずよ」

「それに隣国ケースノールは今回、王太子と王太子妃のみ出席されるはずだ。国王と王妃は出席しない」

「そうね。前々回は国王夫妻、王太子夫妻共に出席されたわ。嫁いだばかりの元王女殿下の里帰りも兼ねていたから。前回は国王陛下と王妃殿下だけの出席だったわ」

「よく見ればわかる、だけど信用し目を通さないと気づかない」

「そうね。何枚もある招待客の名前だもの。私達が見落とすこともあるわ。それに事前に個人的に情報を持っていないと気づきもしないわ」

「ああ……陛下はこれに気づくか試したのかな」

私は前回も前々回も出席していたから招待客の情報は頭に入ってる。

ハンスはよく一晩で情報を集められたわね。

確かに今年周辺諸国を招く晩餐会が開かれる予定だった。

ハンスは事前に情報を集めていたというの？　出席するかしないかも決まっていなかったのに？

確かに王太子教育は終わっている。それに、ハンスは大公殿下の息子だから今回の晩餐会の出席は可能。高位貴族だから招待状は送られていた。ただ、大公殿下は欠席も多く、晩餐会に出席してもなかなかその姿を見かけることはないと聞いた。

コンコンコンと扉を叩き、部屋に入ってきたお兄様。

「殿下、申し訳ありませんでした。こちらが今回の招待客のリストです」

ハンスはお兄様からリストを受け取り、じっくりすみずみまで見る。

リストを机の上に置いたハンスは隣に立つお兄様を見つめた。

「これが今回のリストだ、ありがとう。だが、私は初めからこれを受け取りたかった。なあ、アルド、もし私が王太子になれば、君は次期宰相として私の右腕になり支えてくれると期待していたのだが、違ったようだ」

「次期宰相として殿下をお支えしたいと思っております」

「それはおかしいね。君は私の足を引っ張る真似をした」

「大変申し訳ありません」

「私は私の指示を聞かず足を引っ張る者を側に置くつもりはないよ？」

「申し訳ございません。今後はこのようなことはいたしません」

お兄様はハンスに深々と頭を下げる。ピリピリとした空気が二人の間に流れた。

ハンスは一層厳しい顔つきになった。

「アルド、二度はない！　心するように」

「承知いたしました」

ハンスとお兄様は見つめ合う。

「アルド、今後も私を側で助けてほしい」

「はい。この身をハインスリード殿下に捧げます」

「頼む」

ハンスはお兄様に微笑み、二人の間に流れる空気が穏やかなものに変わった。

私は机に置かれたリストを手に取り、間違いがないかリストを確認する。

ハンスは一枚の紙を難しい顔をして見ている。

「アルド、王宮へ献上するワインが今年は不作と書いてあるが」

「はい。今年はどこも不作と聞いています」

「そうか。晩餐会でワインがないのは困るな」

「はい。降水量が多く、晴れの日も少なかったせいだと聞いております」

私はリストを確認しながらハンスとお兄様の会話を聞く。

ワインを好む男性は多い。それに晩餐会ではワインは欠かせない。

「それなら趣味で作っている者や平民でワイン作りを行う者を急いで片っ端から探してほしい」

「承知いたしました」

「頼む」

お兄様が部屋から出ていき、私は見ていたリストを机に置いた。

「献上するワインが不作だとワインを作ってる方達も大変ね」

「天候により出来、不出来は仕方がないとはいえ、最高の出来に比べれば味が落ちるだけで元は献上できる品質なんだ。だが晩餐会では出せない」

「そうよね」

「ワインはアルドの報告待ちだな。あとは料理や席次だな」

「三日間の内、何日目かによって変わると思うの」

「そうだよな」

「何日目かは決めてほしいわね」

「それもあとでアルドに聞こう」

「そうね」

私が帰ったあと、ハンスとお兄様はまだ二人で話していたようだ。


「殿下……」

「義兄上、少しよろしいですか」

「ハインス、どうした」

「フッ」

「どうした？」

「よかったと思いまして」

「何がだ？」

「今俺は『私』の時間にしたいと思いました。それを義兄上が気づいてくれたのが嬉しくて」

「そんなことでか？　それで？」

「はい。リシャの今回のドレスについてです。本来なら俺が手配して贈るべきですが、今回は晩餐会に参加するのではなく、もてなす方です。ドレスを華美にしすぎてもいけない。ですが地味すぎてもいけない。上品に見え、尚且華美になりすぎないとなると、俺は何を贈ればいいのか……」

「俺もドレスについてはな……」

「俺の兄上が言っていたのですが、ドレスは女性の鎧だそうです。だからこそドレス選びは女性に任せるのが一番だと」

「確かに俺も結婚してからは妻に任せてる」

「今回だけ、義母上と義姉上にお任せしたいのですが。ドレスに疎い俺よりも女性にお任せする方がよいと思いまして、お願いできますか？」

「母上も妻も喜んで引き受けるだろうな。女性はドレス、宝石を選んでる時の顔が違う」

「では、お願いしたいのですが、お願いしてもいいですか？」

「わかった。帰ったら母上と妻に伝えよう」

「お願いします。ドレスに合わせてアクセサリーもお願いします」

「フッ、わかった」

「あと、これを。父上に持たせてもらった俺のお金です。義兄上に預けます。リシャのドレスや宝石はもちろんですが、これから掛かるであろう資金もここからお願いします」

「ハインス、お前にも公費はある」

「公費を使う場面ではもちろん使います。ですが、俺が個人的に使う時はこちらからお願いします」

「わかった」

「ありがとうございます。……さて、アルド」

「はい、殿下」

「陛下に確認してほしいことがある」

「はい」

「晩餐会三日間の内、何日目を私とリリーシャでもてなすか、それを教えてほしい。陛下に確認してくれるか？」

「承知いたしました」

「頼む」

ルドゥーベル王子視点

父上の執務室からサラと一緒に自室へ戻ってきた。

どうして私が伯爵家なのだ！

私は父上の唯一の息子だ！

王位を継ぐのは私だ、ハインスではない！

私が王太子になる！

ハインスといい、リリーシャといい、なぜ私の言うことが聞けない！

コンコンコン。

「ルド」

「エミリオか」

「陛下から聞いた。俺はルドの指示に従い、補佐する」

「ああ、頼む」

「それで俺はどうすればいい？」

「エミリオにすべて任す」

「任すって言われてもなぁ……」

「私が任すと言えば、お前はその通りやっておけばいいんだ」

「そんなわけにはいかないだろ」

「私の王太子は決まっている。晩餐会の一日をもてなさなくてもだ」

「それでもな」

「エミリオ、私は今忙しい」

「はぁぁ、わかった。ならこれだけ確認してくれ」

「わかった」

私はエミリオから受け取った紙をペラペラと見た。

晩餐会の招待客や料理の紙だ。

こんなの毎回変わらないだろ！　それに、毎回同じなのだから、今回も同じでいい。

「これで頼む」

「よく見たのか？」

「ああ」

「ルド、お前さ……」

「うるさい！　やっておけと言ってるだろ！　私の言うことにいちいち口答えするな！」

「はぁぁ、わかった」

エミリオが部屋から出ていった。

「ねえ、ルド、どうするの？」

「サラは当日着るドレスを決めればいいよ」

「本当？　それだけでいいの？　よかったぁ」

「ああ、エミリオに任せておけば大丈夫だ」

サラは可愛い。毎日癒やされる。

サラはきっと華やかな王妃になる。

こんなに可愛くて愛しいんだ。皆から慕われるはずだ。

それよりもリリーシャだ！

誰がサラの代わりに王妃の仕事をするんだ！

まあ、それも私が王太子になれば気が変わるだろう。

「やっぱり殿下をお慕いしております」となる。その時、一度は断ってやろう。

まあ、何度も断って機嫌を損ねても面倒だ。今のリリーシャはただ機嫌を損ねてるだけだからな。


別の日、朝からエミリオが部屋に来た。

今日は昼からサラのドレス選びだ。

「ルド」

「エミリオか、何だ」

「ワインなんだが」

「いちいち私に聞くな！」

「ルド！」

「エミリオ、お前は無能か？」

「お前……それでいいのか？」

「お前にすべて任すと私は言った。お前がすべて采配しろ。いちいち私に聞くな、時間の無駄だ」

エミリオが部屋を出ていき、サラが入ってきた。やはりサラを見ると癒やされる。

エミリオにも困ったものだ。

「ルドも一緒にドレス選んでくれる？」

「もちろんだとも」

私はサラの笑顔だけを護ればよい。

◆　◆　◆

リストを確認した次の日の朝、私は朝から離宮に来た。決めることはたくさんある。

「殿下、陛下に確認いたしました」

「ありがとう。それで陛下は何と」

「殿下は晩餐会二日目になりました」

「ではルドが一日目か？」

「はい。一日目は顔を出さず、晩餐会三日目は必ず参加するようにと」

「わかった」

お兄様が部屋から出ていった。

「リシャ、最後の日はきっとルドも参加する」

「そうだと思うわ」

「俺達は俺達なりにやろう」

「ええ、そうね」

最終日、嫌でも殿下と顔を合わせる。それでも私達は私達なりに振る舞えばいい。

晩餐会では私もテストを受ける。ハインスリード殿下の妃に相応しいか、厳しい目で見られているだろう。殿下達を気にしている場合ではない。

数週間後、お兄様は渋い顔をして部屋に入ってきた。

「殿下、ワインですが」

「ああ、どうなった」

「一度試飲されますか？」

「できるのか？」

「はい。ご用意してあります」

「すぐに用意してくれ」

離宮のメイドがワインとグラスをワゴンで運んできた。

「リシャも飲む？」

「私は、成人したばかりでまだ一度もお酒を飲んだことがないからわからないわ。それに晩餐会でも飲まないつもりよ。酔って何か粗相をしてからでは取り返しがつかないもの」

「それもそうか」

ハンスはワインを試飲している。

「うん………」

険しい顔をしているハンス。

「どうしたの？」

「アルドも試飲してくれるか？」

「はい」

お兄様もワインを試飲した。

「私はこれだが、アルドはどれだ？」

「私はこれかこれですね」

二人は試飲したグラスを前に出した。

「だな。だが晩餐会二日目となると……」

「晩餐会の初日と二日目だと何かが変わるの？」

「ルドがワインをどう用意するかわからないけど、一日目と同じワインよりは違うものを飲んでみたいと思ったんだ。俺もお酒は強い方だけど、同じお酒ばかり毎日飲むより次の日は違うお酒を飲みたい。まあ俺の場合は安価な果実酒だけどね」

「そうなのね」

私はお酒の味はわからないし、お酒を飲めるようになったとしても、毎日は飲まないと思う。ワインの件はハンスに任せよう。

「アルドが選んだひとつは王道ワイン、そして俺とアルドが選んだもうひとつは少しフルーティーで飲みやすい」

「そうなの？　確かに色も少し薄いような気がするけど……」

「俺も初めて飲んだよ。ワインは普段あまり飲まないからね」

「そうなのね」

ハンスはフルーティーで飲みやすいと言ったグラスを手に取った。

「アルド、これはどこから？」

「はい。趣味でワインを作る貴族からです」

「そうか。趣味なら大量の本数を買い取ることは難しいな」

「趣味といっても名産品にしていないだけで、葡萄農園を独自に持ち、これから領地の名産品にしようと考えていたらしいです」

「それなら本数を確保できるか？」

「話をさせていただいた時にも確認をしましたが、あちらは大変喜んでいました」

「そうか。なら至急確保してくれるか」

「承知しました」

「あと、アルドが選んだ方も確保してほしい」

「こちらですか？」

お兄様は机の上に置いてあるグラスに手をかけた。

「男性にはやはりこちらだろうな」

「そうですね。承知しました」

「それで献上品のワインはどれだ？」

「こちらです」

お兄様は選ばれなかったワインをハンスに手渡した。

グラスを受け取ったハンスはワインを口に含んだ。

「これはこれで美味しい」

「はい。ですが」

「まあ今まで最高の出来のワインを飲んできた人からすると味が変わったと思うだろうな」

「はい、年にもよるでしょうが……」

「ならこちらは献上するはずだった半分の量を買い取ってくれないか。これは個人的に使う」

「承知しました」

「ワインは決まったわね」

「ああ。次は料理だな」

そこで私は思いついた。

「私思ったの。今後も周辺諸国と友好を繋げていきたいって。だから料理は私に少し任せてもらえないかしら」

「わかった。リシャに任せるよ。でもどんな案かだけは教えてほしい」

私は思いついた案をハンスに教え、一度試食しようとなった。

料理人と何度も話し合い、後日試食をハンスと食べた。試食を食べたあとにお互いに感想を出し合い、少し調整して料理は決まった。

料理やワイン、席次、着実にひとつずつ決まっていき、晩餐会まで残すところ一か月を切った。

毎日離宮に来て、ハンスと何度も出席者の確認をしたり、当日どうもてなすか話し合ったりしている。その中で当日の動線、料理を運ぶタイミング、料理人や給仕の指導を任せている侍女とも何度も話し合い、意見を交換している。

晩餐会の準備をしつつも二人の時間も作り、充実した日々を送っている。

コンコンコンコン。

「殿下、よろしいでしょうか」

「入ってくれ」

お兄様が執務室に入ってきた。その後ろから一人の男性も入室する。

「殿下、晩餐会の警護、警備の責任者である騎士副隊長をお連れしました」

「ありがとう。ハインスリードだ」

ハンスは座っていたソファーから立ち上がった。

「ハインスリード殿下、私はアーロンと申します」

ハンスはアーロン様に手を差し出し、二人は握手をした。

「アーロンか、晩餐会では騎士達に苦労をかけると思うが、よろしく頼む」

「はい、お任せください、ハインスリード殿下」

ハンスはソファーに座り、アーロン様に向かいに座るように促した。

ソファーに座ったアーロン様は真剣な顔でハンスを見つめる。

「ハインスリード殿下、殿下から我々に要望などございませんか」

「要望か。そうだな、客人をもてなす上で一番大事なのは客人の身の安全だ。私からの要望は許可なきものを鼠一匹、蟻一匹通すな。それとももし何かあった時は私とリリーシャは護らなくてよい」

「承知いたしました」

「晩餐会では臨機応変に対応してほしい。周辺諸国の客人を招く以上、不備があっては困る。晩餐会の三日間、警護だけでなく警備も抜かりなくやってほしい」

「はい、もちろんです」

「それらを含め、騎士達への徹底、もう一度確認してもらえないだろうか」

「はい、承知いたしました」

ハンスは後ろに立つお兄様に振り返った。

「アルド、頼んだ物は用意できているか？」

「はい」

「そうか、手間をかけさせてすまなかった」

ハンスは振り返っていた体を戻し、アーロン様と向き合った。

「アーロン、少しばかりだが、騎士達へ労いの酒を用意した。夕食の時にでも飲んでくれ」

「騎士達へですか？」

「朝から晩まで通常勤務もある中、王城内の確認、稽古の指導も厳しくなったと聞いた。それに晩餐会までは休みもないのだろう？」

「そうですが、客人を招く以上騎士達も理解しております」

「ああ、わかっている。残り数週間、今が一番気が緩む時だ。だからこそもう一度士気を高めるための労いの酒なんだ。足りなければ遠慮なく言ってほしい」

「ありがとうございます。騎士達も喜びます」

「私も辺境で育ったからよく目にした。父上がことあるごとに騎士達に酒をふるまい、騎士達もまた頑張ろうと士気をあげる。父上の真似ごとだが、騎士達には酒が何よりも褒美のように見えたんだ。私もただ酒ほど美味しいものはないと思うからな」

「殿下もですか？」

「アーロンもか？」

「はい。ただ酒ほど美味しいものはありません」

二人は顔を見合わせ笑っている。

騎士として育ってきたハンスとアーロン様、二人は気が合うのだろう。

「ならよかった、あとで届けさせる。アーロンも今日の夕食の間だけは、すべて忘れて肩の荷を下ろして楽しんでくれ」

「騎士達だけでなく私にまで、心遣い感謝いたします」

「これからもよろしく頼む」

「はい、ハインスリード殿下」

お兄様とアーロン様は部屋から出ていった。

部屋に残った私達はほっと息を吐く。ハンスは私の手を包むように手を握った。

「リシャ、すまないが護衛は賓客を第一優先としたい」

「わかっているわ」

「何かあればリシャは必ず俺が護る」

「大丈夫よ。いざという時の覚悟はできているわ。死ぬ時は一緒よ？」

「リシャ」

　ハンスは私を抱き寄せた。

「確かアーロン様はルドゥーベル殿下の側近だわ」

「そうなのか？」

　ハンスは抱きしめていた私を離し、驚いた顔をする。

「ええ。宰相候補のエミリオ様と近衛騎士総隊長をお父上に持つ総隊長候補のアーロン様、お二人はルドゥーベル殿下の幼馴染で学友で側近だったわ」

「そうなんだ」

「お兄様がお父様の跡を継いで次期宰相になったけど、エミリオ様は学友としてルドゥーベル殿下の側にいたの」

「でも、どうして側近ではない義兄上を次期宰相にしたの？」

「エミリオ様のお父様、ローガンス公爵様は政権に疎くて。ルドゥーベル殿下の後ろ盾になるには少し心もとないというか……」

「義兄上が宰相になった方が後ろ盾としては揺るがないってことか」

「そうね。現宰相を父に持つお兄様の方が、何かあってもお父様が間に入ることができるから」

「確かに義父上が引退したとしても、今まで宰相として周辺諸国と渡り合ってきた実績があるからね。なら今ルドの補佐をしているエミリオは今はどうしているの？」

「今は宰相管轄の文官として勤めているはずよ？」

「そうなんだ。ならルドが王位を継がなくても職にあぶれることはないね」

ハンスは含みのある顔で笑った。

ハインスリード視点

夜、ハンスはお兄様を執務室に呼んでいた。私は側に控える。

「殿下、お呼びですか？」

「夜に呼び出してすまない」

「いえ」

「エミリオのことだ。アルドはどう考えているのか聞かせてほしい」

「いずれは私の補佐を任せたいと思っております」

「私もそのつもりだ。今回はルドに付いて苦労を強いられているだろうな」

「おそらくですが」

「エミリオと近々会えるように時間をつけてくれないか」

「承知しました」

俺は最近、毎朝騎士達の稽古に混ざって剣を振る。

辺境にいた時から鍛錬は毎朝の日課だった。離宮に住むようになってからも鍛錬を欠かしたことはない。

――王城に仕える騎士達の腕を見たい。

初めは興味本位だった。けど稽古に混ざるとわかる。

きっとアーロンの父上、近衛騎士総隊長の目が行き届いているからだろうな。

日々の稽古、己の鍛錬、誰一人手を抜く者がいない。向上心の塊、その言葉しかない。

辺境みたいに小競り合いがほとんどない王都で向上心を持ち続けるのは至難の業だろう。

俺は騎士達を誇りに思う。

「殿下」

騎士達は俺の顔を見ると胸に手を当て頭を下げる。騎士の礼だが、今はそれが少し寂しい。

「殿下はよしてくれ。今は俺も一人の騎士だ」

「それでは――ハインス、手合わせをしないか」

「ああ、頼む」

騎士達との交流は実に楽しい。

椅子に座って考え指示を出す。それも重要なことだ。王太子となるため、今はほんの少しの見落としも隙さえも見せられない。それでも、朝のこの時間だけは一人の騎士として過ごしたい。許されるなら王位を継いだあとも。

一汗流し、湯を浴び服を着替え、今からは殿下として頭を切り替える。

コンコンコンコン。

「殿下」

「入ってくれ」

アルドと一緒にエミリオが入ってきた。

「エミリオか、私はハインスリードだ、今日は呼び出して悪かった」

「いえ」

「本来なら今は接触する時期ではない。それでも話したかったのには理由がある」

「はい」

エミリオはさっと顔を上げた。

エミリオと初めて会ったが、第一印象はルドにはもったいないくらい敏い男だ。

「ルドゥーベルはきっとすべてを君に任すと言うだろうと思ってね。いや、別に何も言わなくていい」

「はい」

「私からエミリオに頼みがある。私はルドゥーベルがどうもてなすか、そんなものには興味がない。だが、客人だけは違う。陛下がどう言ったかわからないが、それでも客人に無礼があってはならない。なに、もてなしの範囲は別にいい。だが、もてなす前、たとえば席次とか、ね」

「はい、承知しました」

エミリオに任せれば間違いなく準備をするだろう。

だが、エミリオの権限では決められないことも多い。

ルドがエミリオをどう思っているのかわからないが、今、エミリオは俺に一線を引いている。

「流石にルドゥーベルも王族だ。周辺諸国の客人の名前を覚えていないとか、間違えるとは私も思ってはいない。だが、当日は何があるかわからない。その時はエミリオが上手く手を貸してやってほしい。ルドゥーベル一人にこの国を潰されては困るからね」

「承知いたしました」

エミリオが出ていった部屋ではアルドが怖い顔をしている。

「殿下」

「アルド、すまない。アルドが言いたいことはわかる。だが、周辺諸国の方々が無礼を承知だとしてもだ、私が王位を継いだ先、最低限の礼儀も知らない国と印象を持たれては困る。他国に付け入る隙を与えたくないんだ」

「ですが」

「アルド、ここは見逃してくれないか。席次や名前はもてなしとは違うだろう？　それらは主催国として最低限の礼儀だ」

「わかりました。席次と名前だけですよ」

「わかっている。それ以外は私も口を出す気はない」

「それなら目を瞑りましょう」

「すまないな」

ルドゥーベル王子視点

「殿下」

「アーロンか」

「晩餐会の警護、警備を任されました。何か我々に要望はございますか？」

「別にない。お前に任す。そもそも警護する騎士が決めることだ。我々王族はただ護られていればいい。私やサラに何かあれば、お前の首が飛ぶだけで済む」

「その通りです。しかし、殿下……」

「お前達騎士は王族を護るために自分達の身を盾にする。我々を護り命を落としたとしても騎士にとっては本望であろう？　アーロンは私とサラを護ってくれればいい」

「ですが、今回は客人を招きます。陛下の臣下ではない方々が多勢いらっしゃいます」

「だから何だと言うんだ」

「殿下……」

「お前は昔からそうだ。何か言えば殿下殿下と、学院の時からそうだ。口を開けば剣の稽古をしろと。私は王子だぞ、剣の稽古をして何になる。剣を振る騎士がすればいいことだ」

「以前から申し上げております。いざという時のためにも必要だと」

「いざという時こそ私を護れば済む話だ。話は以上か？　なら下がれ」

「……失礼いたします」

昔からアーロンは頭が堅くて息が詰まる。彼との話はいつも私を苛つかせる。

騎士はどうしてああも自分で決められないのだ。

騎士達がすべきは王族である我々を第一に護り、戦になったら先陣きって戦う。それ以外に何の価値があると言うのだ。

俺は側近に置く人選を間違えたか？

宰相も昔は口うるさかったが、今は何も言ってこなくなった。やはりリリーシャと婚約破棄したのがこたえたのかもな。あれで静かになったのだからそうなのだろう。

コンコンコン。

「ルド、いいか」

「何だ、エミリオか」

「料理だが、前回と同じでいいか」

「エミリオに任すと何度言えばわかる」

「ならサインをくれ」

「サインだと？」

「材料を調達するのに、ルドのサインがなければ公費が使えない」

「それもそうだな。どこにサインするんだ」

「ここだ。あとこれはワインの書類だ。これにもだ」

「はぁ、面倒だな」

「俺が勝手に公費を使えるわけがないだろ」

俺はろくに書類も見ずにサインした。公費を使う以上仕方がないとはいえ、毎度これだと面倒だ。

「そうだ、エミリオ、これも公費で落としてくれ」

「これは……!?」

紙を見たエミリオは驚いた顔をした。

「サラのドレスとアクセサリーだ」

「これは高すぎだ」

「サラが着るドレスだ。これくらい当たり前だ」

「この金額がどれほどの……いや、いい。ルド達は晩餐会の一日目を任された」

「そんなことは当たり前だ。私はこの国の王の息子だぞ、ハインスとは違う。ハインスは従兄弟だが、所詮私の予備だ」

エミリオが出ていった。

エミリオは賢いが、細かいことにうるさい。私の指示と言えばわざわざサインなどしなくても済むくらいわかるはずだ。本当にエミリオは昔からああだのこうだのと口うるさい。

あれで優秀とはな……

勉強はできてもただそれだけだ。あれでは宝の持ち腐れだな。私に聞かずとも私の意を汲んで先回りし、物事を見られなければ側近としては使えん。

アーロンといい、エミリオといい、どうして私の周りには使えんやつばかりが集まる。

私はやはり人選を間違えたな。

◆　◆　◆

晩餐会まで残すところあと二日。

周辺諸国の方々も続々とお見えになった。

そんな時、離宮に一人の女性が顔を出された。

「リリーシャ、久しぶりね」

「お久しぶりです。アメスメリア王太子妃殿下」

「今は元王女としてよ？」

「わかりました。アメスメリアお姉様」

「元気そうね」

「お姉様もお元気そうで安心しました」

幼い頃に親しくしていただいた変わらないお姉様の微笑む姿に安心した。

「ハインスリードね？」

「はい」

お姉様はハンスを見つめる。懐かしむような優しい眼差しだった。

「ハインスは覚えてないわよね。貴方がまだ小さい時に一緒に遊んだのよ？」

「そうなのですか？」

「辺境がエーゲイト国と揉めてね。貴方と貴方のお兄様は王城に避難してきたの。その時、私のあとを付いて歩いた貴方がこんなに立派になって」

ハンスを見つめるお姉様は慈しむように優しい顔で微笑んだ。

「いえ、恥ずかしいかぎりです」

ハンスもどこか照れたように笑った。

優しい顔で微笑んでいたお姉様は私に向きなおり、真剣な顔で見つめる。

「リリーシャ、このたびはルドゥーベルが申し訳ないことをしたわね」

「いえ、そんなことは」

「貴女を幼い時から弟の婚約者として王家に縛りつけてきた上に——本当にごめんなさい。弟が馬鹿なばかりに貴女を傷つけたわ。謝って済む話ではないのだけれど、それでも弟に代わり謝罪をさせてもらえないかしら」

「お姉様、もう終わったことです」

「それでも、リリーシャの十年を無にしたのは確かなはずよ。リリーシャ嬢、心よりお詫び申し上げます」

お姉様は深々と頭を下げた。

「お姉様、やめてください。ね？」

私はお姉様を止めた。お姉様が私に謝る必要はない。

お姉様はまだ嫁がれる前、王城で唯一私に優しい言葉をかけてくれた方だ。大丈夫？　無理はしていない？　お姉様は会うといつも心配してくれた。それでもお姉様も自分の勉強がある。なかなか会う機会はなかった。

「ハインスもごめんなさいね。貴方にまで迷惑をかけてしまったわ。あの子が王子として驕《おご》らず、自分の立場をしっかりと自覚して、日々の努力を怠らず邁進することを望んでいたのだけれど……、あの子は胡坐《あぐら》をかいて甘やかされるのを受け入れてしまったわ。そんな子に転がってくるほど王位は甘くないのよ。それをあの子が自覚しているとよいのだけれど」

「お姉様……」

「お父様に甘やかされて育ってきたあの子には無理な話ね。ハインスリード」

「はい」

お姉様はまっすぐハンスを見つめた。

「貴方が王位を目指してくれて本当に感謝しているの」

「はい」

「わたくしこの国が大好きなの。生まれ育ったこの国が本当に好き。この国を守れるのは貴方しかいないわ、ハインスリード。この国を民を貴方が守りなさい」

「はい、アメスメリア殿下」

「もちろん、私の可愛いリリーシャを大事にしてね？」

「そこはお任せください」

「ふふっ。任せても大丈夫そうね」

「はい」

ハンスとお姉様は二人で顔を見合わせて笑っている。

「リリーシャ、貴女も幸せになって」

「はい。お姉様も」

「私は幸せよ？」

「ふふっ、そうでした。フレディー王子ももう大きくなられましたか？」

「ええ、もう三歳よ」

お姉様はご子息のフレディー王子を思い出されたのか、母親の顔をした。

「まあ、可愛いさかりですね」

「ええ、それはもう」

「では離れてるのは寂しいですね」

「そうね。それでも今回はね……」

さっきまで母親の顔をしていたお姉様は沈んだ顔をした。

「お姉様？」

「何でもないわ。それより久しぶりに一緒にお茶をしましょ」

いつもの優しい顔になったお姉様。

「はい」

「ハインスもよ？」

「はい、ご一緒させていただけるなら」

晩餐会は二年に一度。

お姉様はフレディー王子を出産後、一年は王太子妃としての公務は免除されていた。

隣国国内では王太子妃として公務を再開されたお姉様だけど、喩《たと》え祖国でも他国の晩餐会への参加は外交だ。二年前、一歳になったばかりのフレディー王子がいたお姉様は晩餐会には参加しなかった。

お姉様と久しぶりに会え、ハンスの幼い頃の話も聞いてとても楽しい時間を過ごした。

第四章　この国の未来を支える者

ルドゥーベル王子視点

周辺諸国が集まり、晩餐会の日になった。

「ルド、このドレスどう？」

「サラは何を着ても綺麗だ」

「そう？」

「ああ。誰にも見せたくない。このまま二人で部屋に籠もりたいよ」

「もう！」

こんな可愛いサラを誰にも見せたくない。

「ほかの男がサラを目にするだけで私は嫉妬しそうだ」

「私はルドだけよ？」

「わかっている」

サラのドレスは私の瞳の色、ブルーのドレスに花の刺繍、そしてダイヤが散りばめられている。

光に当たればキラキラと光り輝く。胸元には大きなサファイアの宝石が輝き、耳元にも少し小ぶりにはなるがこちらもサファイアの宝石が輝いている。

全身私の色で飾りつけたサラ。ああ、綺麗だ。まるで光り輝く女神のようだ。

コンコンコン。

「準備はできたか」

「エミリオか」

「これは……」

「エミリオもサラの美しさに言葉が出ないだろ？」

エミリオはサラから目を逸らした。

わかるぞ。女神みたいに美しいサラを直視できないのだろう？

「いや……。それより時間だ」

「そんな時間か。面倒だが仕方がないか」

私はサラをエスコートし、晩餐会の会場へ向かった。

会場では皆がすでに席に着いていた。私達が最後に入場し着席する。

サラは一番端に座らせた。もちろん私はその隣だ。サラの隣にほかの男など座らせられるか。私の隣には父上が座り、父上の隣には母上が座っている。

父上の挨拶が終わり乾杯をすると料理が運ばれ、食事を食べ始める。

「ルド、食べていいの？」

サラは目の前の料理を嬉しそうに見ている。その姿は本当に可愛い。

「ねぇ、ルド、外側から使うのよね？」

「ああ、食べていい」

「本当？」

「サラの食べやすいように食べていいよ」

「ああ。どうせ誰も見ていない」

サラは嬉しそうに笑った。はにかむように笑うサラの顔を私は見つめる。

「よかった」

サラはフォークを手にし、オードブルを食べ始めた。

「サラ様、ナイフで一口大に切ってからお召しあがりください」

「エミリオ」

「殿下、マナーです」

エミリオはサラの補佐としてサラの横に立たせている。誰かに話しかけられてもエミリオが対応すればいいからだ。

「エミリオはサラに話しかけてくる客人の対応をするだけでいい」

「わかりました」

「サラ、好きなように食べていいんだ」

「う、うん」

サラは口の中いっぱいにしながら食べている。

マナーとしては駄目なことくらい、私もわかっている。だがサラにはいつまでも自然体でいてほしいのだ。

美味しそうに食べるサラを見て、癒やされる。それに私も今まで味など気にしてこなかったが、サラと食事をとると美味しいと思えるのだから不思議だ。

オードブルの次はスープが運ばれてきた。

「ルド、スプーンを使って飲むのよね？」

「ああ」

サラは何度もスプーンと皿が当たり音が出てしまう。どれだけ練習しても上手くできなかった。

「ルド、どうしても音が出ちゃう。どうしよう」

「それならスプーンを使わなければいい」

「いいの？」

「本来ならよくはないが、その方が音は出ないであろう？」

「うん、そうね」

音を出すより出さない方がいい。

サラはスプーンを置いてスープの皿を両手で持ち、口に当てた。

ズズズズズーーー。

「ゴホンゴホン」

私は思わず咳払いをした。

「エミリオ、なぜ何もしない。サラの補佐としてお前がフォローをしろ。何のためにお前をそこに立たせたと思う」

エミリオも気が利かないやつだな。

こういう時こその補佐ではないのか。私に恥をかかせるとは！

晩餐会が終わったら私の補佐役は外すしかないな。幼馴染として学友として今まで大目に見てきたが、流石に補佐も満足にできない者を側に置いておくわけにはいかない。もうエミリオは用済みだ。

「殿下、アメスメリア王太子妃殿下より伝言です」

エミリオが私の後ろに立ち、耳打ちする。

「姉上からか、何だ」

「ライザン帝国の皇帝陛下の食が進んでいないと」

「お腹が空いてないだけだろ。食べたくないのなら食べなくていい」

「ですが」

「姉上も嫁いだあとまで口出しをしてくるとは」

「どういたしますか」

「そのままでいい」

「承知いたしました」

「殿下」

「今度は何だ」

エミリオはまた私に耳打ちする。

「メーランド大国の国王陛下がお怒りのようです」

「なぜだ」

「妃殿下は魚は食べないと伝えてあるはずだが、なぜ出したと」

「メニューの一部なのだ、食べないなら食べなければいいではないか」

「どういたしますか」

「早めに肉料理を出せばいい」

「承知いたしました」

「エミリオ、それくらいはお前で対処しろ。それくらいお前でもできるだろ。いちいち私に聞くな、わかったな」

「承知いたしました」

食事が終わり、場所を移動する。

サラが舞踏会用のドレスに着替えるため、私達は一度部屋に戻った。


晩餐会が終わり、舞踏会が始まる。

私はサラの着替えを待ち、サラと共に舞踏会の会場へ向かった。

「ルド、変じゃない？」

「可愛いよ、サラ」

舞踏会の衣装はサラの希望によりピンクのドレスにフリルをあしらった。

サラがフリフリがいいと言うからフリルをあしらったが、少しフリルが多い気がする……。それでもドレスを着たサラを見て、まるで花の妖精が現れたかと思った。

こちらのドレスには色とりどりの宝石を散りばめた。

初めはガラス玉を付けると言われたが、私の婚約者だとわかっていないドレス職人に怒鳴ったのは仕方がない。

「いずれ王妃になるサラのドレスに付けるものがガラス玉だと！」

「ですが宝石ではドレスが重くなります」

「そこを考えるのがお前達の仕事ではないのか！　ガラス玉など認めない！」

小さい宝石にはなったが、それでもやはり宝石、小さくても輝きが違う。ガラス玉などサラには不釣り合いだ。

「さあ、サラ、今からは楽しもう」

「本当？」

「ああ、晩餐会は終わった」

「終わったの？　そっか、誰かに話しかけられたらどうしようって思ってたけど、誰からも話しかけられなかったし、ちょっと安心しちゃった。なんだ、案外簡単だったね」

「当たり前だろ？　私は王太子だぞ」

「ルドが王太子なの？」

「私は父上の唯一の息子だ。私が王太子になることは何があっても揺るがない」

「そうだよね」

「ああ」

「ダンスもまだ踊れないし、ちょっと不安だったんだ」

「足を踏むだけで踊れていたではないか」

「ごまかしながらだけどね」

サラは嬉しそうに笑って繋いだ私の手を前に後ろに揺らしている。

「殿下、皆様お待ちしております。もう少し急ぎましょう」

「エミリオ、急ぐ必要はない。私はこの国の王子だぞ。待たせたところで誰にも咎められない」

「ですが」

「エミリオ、何度も言わせるな。早く歩けばサラが転んでしまうではないか」

「エミリオさん、すみません。まだ高い靴に慣れなくて」

「承知いたしました」

「サラ、慌てなくていい」

「ルドは本当に優しいよね」

「サラ限定だがな」

「うん！」

待たせるくらい何だと言うんだ。そんなの待たせておけばいい。今回はこの国で開催しているんだ。この国の王族として最後に入場する、いつもそうではないか。

扉の前の前に着くと父上と母上の姿がない。

「エミリオ、父上と母上はどこだ」

「先に入場いたしました」

「待っていてくれればいいものを」

「サラ様のお着替えに時間がかかりましたので」

「確かに時間はかかったが。まあ、サラの可愛さを見れば皆納得するであろうな」

「ねぇ、ルド」

「サラは笑っていればよい。誰かに話しかけられてもエミリオが対応する。いいなエミリオ、失態は許さない」

「承知いたしました」

「ちょっと緊張しちゃう」

「皆サラの可愛さに注目するぞ」

「そう？」

サラはクルクルと回っている。

「サラは普段通りでいい」

「いいの？」

「サラは自然体だから皆から愛される王妃になるんだ」

「わかった」

「殿下、入場準備を」

「早くしろ」

ルドゥーベル王子殿下、婚約者サラ伯爵令嬢、御入場いたします、と声が響き、扉が開いて一斉に私とサラを見る。

私はこの瞬間が好きだ。皆が一斉に私に注目する。

私が王子だと、私が王になるのだと、そう思えるこの瞬間が私は好きだ。

私は優雅にゆっくりと進む。サラも笑顔で小さく手を振っている。

父上の元へ行き声をかける。父上も母上もサラのこの可愛さに喜んでくれるだろう。

「遅くなりました」

「今来たのか」

「はい」

父上は一言話しただけで私を見ようとしない。母上もだ。母上とはリリーシャと婚約破棄してから一言も話していない。母上はリリーシャを可愛がっていたからな。

それでもこれからはサラを可愛がってもらわなければ。

リリーシャを思っていても彼女を王妃にする気はない。側妃にはしてやるが。私の妻になるのも王妃になるのもサラだけだ。

そのことを母上にもわかってもらわないとな。

「母上、サラとは初めてですよね」

母上は私に目をちらりと向けただけでまた目線を戻した。

何が気に入らないのか、サラの素晴らしさを知れば母上も気に入るはずだ。

「エミリオ」

「はい殿下」

「わかっているな」

「承知いたしております」

サラはエミリオに任せるか。私はサラを連れて周辺諸国の方々へ挨拶をする。

「王子、王子の婚約者はとても自由な方のようだ」

「はい。サラの素晴らしさは自然体なところだと私は思います」

「自然体ね……」

「妃になるには民から好かれなければいけません。サラが自然体だからこそ民から慕われる妃になると私は思います」

「だが、自然体と無知は違うと思うが」

「確かに今はまだ勉強中ではありますが、それでも失敗なしに成長はできません。長い目で見守っていただけると」

「そうだとよいのだが……」

「サラなら立派な妃になると私は信じています」

「ルド、お話終わった？」

「ああ。では失礼します」

サラを連れて次の国に挨拶へ向かう。

「ねぇ、ルド、このお酒美味しい。もっと飲んでもいい？」

「こらこら、飲みすぎはよくないよ。可愛いサラを皆が見てしまうだろ？」

「もうルドったら」

「これはこれはルドゥーベル王子、可愛らしいお嬢ちゃんをお連れのようだ」

「わかりますか。サラは可愛いだけでなく心の優しい女性なのです」

「私にも紹介していただけますかな、そのお嬢ちゃんを」

「サラ、自己紹介を」

「はい、ルドのお嫁さんになるサラです」

「サラちゃんはお菓子は好きかな？」

「お菓子？　好きです」

「そうかそうか、ならおじちゃんがケーキを持ってきてあげよう」

「おじさん、優しいですね」

「ははっ、ならちゃんとここで待ってるんだよ？」

「はい！」

サラの可愛さにやられたな。

「優しいおじさんもいるのね」

「そうだな」

サラと待っていると、サラはワインを一気に飲んだ。

「るどぉ、おちゃけ、もう、いっぱい、ッヒク、のんでぇ、いい～？　ッ、ヒク」

「サラ？」

「なぁにぃ、るどぉ～、ッヒク、おちゃけ、はじめてぇ、のんだぁ、けどぉ、ッヒク、おいちいねぇ、へへへ」

「エミリオ」

「はい殿下」

「サラがこうなる前になぜ止めなかった！」

「サラ様はまだ一杯しかお飲みになられておりませんが」

「一杯だと！」

「はい」

「サラを連れて出るぞ！　サラ、部屋に戻ろうか」

「いやいやいや～、だってぇ、まだぁ、だんちゅ、おどってぇ、ないもん！　いやいやいや～」

「サラ、声を少し抑えような」

「るどぉ？　るどぉがふたりいる～キャハハハ」

「エミリオ、すぐにサラを連れて出るぞ！」

「はい殿下」

サラを連れて出口へ向かう。

「王子、どうされた」

「いえ、少し婚約者が調子を崩しまして。初めてのことで緊張したのでしょう」

「それは大変だね。婚約者の方とも話してみたいと思っていたのだが」

「それは申し訳ありません。次の機会に」

「次があるかわからないから話してみたかったのだがな」

「わたしぃ、はなせるよ～」

「サラ！」

私は思わずサラの口を塞いだ。

「なんでぇ？」

「エミリオ、すぐにサラを連れていけ！」

「はい殿下」

エミリオが少し強引に連れ出した。

「君も大変だね」

「婚約者も慣れないことで疲れたのだと思います」

「慣れないことでも意地でもする、それが妃になるということだと思うが」

「温かい目で見ていただけると」

「まあ、『調子を崩した』なら仕方がないね。遅れてきた上にすぐにいなくなるとは、何をしにきたのか。まあ最終日は話ができることを楽しみにしてるよ」

「はい、サラの素晴らしさをお見せできるかと思います」

私は急いでサラの様子を見にいった。

エーゲイト国の国王にも心配をかけてしまった。

自室に戻り、寝ているサラを起こさないようにくつろいでいると、姉上が部屋に入ってきた。

「姉上、どうしました」

「どうしましたではないでしょう。ルドゥーベル、まだ舞踏会は終わっていないのよ」

「サラも寝てしまいましたし、私ももう戻るつもりはありませんが」

「貴方ね、この国の貴族の舞踏会じゃないのよ？　周辺諸国の客人を迎えた舞踏会を途中で退席するとは何事なの」

「サラが酔ってしまいましたので」

「サラさんは仕方がなくても、貴方だけでも早く戻りなさい」

「サラがいないのに戻っても意味がありません」

「はぁぁ、貴方ね、舞踏会が何かわかっているの？」

「ダンスを踊り酒を飲み話をする、それだけです」

「その話が大事なのでしょ。それに舞踏会に遅れて来たわよね。客人を待たせて何をしていたの」

「サラのドレスの着替えに時間がかかってしまいましたので」

「誰もドレスなんて着替えていないでしょう。確かに女性は席を外すわ、でもそれは化粧直しをするためよ。身に着ける宝石を変える、髪型を変える、それくらいなの。それでも遅れる方なんて一人もいないわ」

「ですが、それは自国開催でないからです」

「もういいわ、エミリオ」

「はい、妃殿下」

「エミリオ、正直に言いなさい。どこまで準備をしているの」

「準備、ですか」

「もう舞踏会は始まっているのよ？　客人の警護、警備はきちんとしているの？」

「今回の責任者はアーロンなので抜かりはないと思います」

「そう、急いでアーロンに確認しなさい」

「承知いたしました」

「軽食やお酒、お酒を好まない方への飲み物は十分に確保してあるの？　足りなくなったなんてことは許されないわよ？」

「確保してあります」

「ならワイン以外のお酒をお出しして。今回は皆、ワインが進んでないように思えたわ」

「今年は不作でしたので」

「だから味が変わったのね。今からほかのお酒に切り替えなさい」

「十分に確保しているのはワインだけでほかのお酒は十分には」

「ワインだけなの？」

「はい」

「どうして不作とわかっていてほかのお酒を準備しなかったの」

「申し訳ありません」

「エミリオを責めても仕方がないわね。ルド、貴方は何をしていたの」

「私はエミリオに任すと」

「何を言っているの？」

「父上もいつも晩餐会は宰相に任せています」

「それは当日の話でしょ！　確かに晩餐会と舞踏会の最中はお父様も宰相に任せるわ。客人の前で、客人と話をしている時に席を外して指示なんてできないでしょ。それでも準備はすべてお父様が決めて指示しているわ。もしかして貴方はエミリオに任せて何も知らないの？」

「エミリオを信頼していますので」

「もういいわ。エミリオ、王宮内にあるお酒をお出しして。それまでは応急処置として晩餐会で飲んだシャンパンに切り替えなさい」

「承知いたしました」

「ルドゥーベルは今すぐ会場へ向かいなさい。失態は許されないわよ」

「姉上も一緒に」

「はぁぁ、わかったわ。エミリオはすぐに行きなさい。あと、アーロンを私のところまで来るように伝えて」

「承知いたしました」

「妃殿下、お呼びと伺いましたが」

「アーロン、警護、警備は抜かりはない？」

「はい。指示を受けておりますので」

「指示？」

「鼠一匹、蟻一匹通すな、と」

「……ハインスね。よかったわ。わざわざごめんなさいね。貴方は職務に戻りなさい」

「承知いたしました」


なんとか無事に舞踏会も終わった。

「王子、わざわざ戻ってきたのですか？　あの婚約者の側に付いていた方がよいのでは？」

「王子がいなくても我らは勝手に楽しむから、部屋に戻ってもよいのだぞ」

「あの様子では婚約者が気掛かりであろう？　我々は話を詰める機会ができて本当に助かった」

「王子も疲れたでしょう。席を外しても誰も何も言わないよ」

私への思いやりもサラへの思いやりも感謝しかないな。まあ、ゆくゆくは王になる私の機嫌を取るのはわかるが。

目に見えるご機嫌取りは好かないが、他国の王にされるのはなかなか気分がいいものだ。他国の王に認められる、当然だが今日で私の素晴らしさもサラの可愛らしさもわかってもらえただろう。

サラが酔って退席はしたが、サラが酔うなど誰にも予測できない。

それに皆、王だけあって広い心を持っている。いや、そうでなければ王に相応しくない。

「疲れたな………」

バタン、と扉が開く。

「姉上か」

「ルドゥーベル」

「姉上、どうしました。舞踏会も終わりましたが、義兄上はどうされたのです」

「先に部屋へ戻ってもらったわ」

「それなら姉上も早く部屋へ戻った方がよいのでは？」

「貴方ね……」

「姉上、どうです、私もやる時はやれるとわかっていただけましたか？　姉上は会うといつも小言を言いますが、私も姉上に心配してもらわなくても大丈夫なんです。いい加減弟扱いするのはやめていただきたい」

「貴方、本当にわかってないの？」

「何がです」

「今回お父様に何と言われたのかわかっているの？」

「晩餐会をもてなせと言われましたが」

「貴方はもてなしたと？　舞踏会も遅れ、挙げ句サラさんは客人の前で酔った姿を晒して」

「私は晩餐会をもてなせと言われたんです。舞踏会ではない。確かにサラは酔いましたが、あれだって誰が予測できます？」

「サラさんがお酒を飲んでどうなるかくらいは事前に調べておくものよ。それにお父様が言った晩餐会をもてなせとは、晩餐会と舞踏会を合わせてに決まっているでしょ。セットなのよ」

「それならきちんと舞踏会も、と言うべきです。父上の過失であって私は何も関係ありません」

「そう、なら晩餐会で帝国の皇帝陛下の食が進んでいないと伝えたわよね、なぜ何もしなかったの。大国の妃殿下が魚を好まないのにどうして代用の料理を出さなかったの」

「メニューは変えられません。食べたくないのなら食べなければよいではありませんか。好き嫌いなんて誰でもあるのですから」

「貴方、本気で言ってるの？」

「なら食べられない物を無理して食べろと？」

「貴方にとって晩餐会のもてなしとは何だったの？」

「前回の晩餐会で食べた料理が美味しかったので前回と同じでいいと。美味しかったでしょう」

「美味しい料理を出せばいいだけではないでしょう」

「なら美味しくない料理を出せと？」

「そうじゃないでしょう。なぜわからないの？」

「姉上は何が言いたいのです。私はきちんともてなしました。姉上は私だけが父上に可愛がられていたからと妬むのはやめてください」

「私が貴方を妬んでいるからと言うの？」

「だからいつも私に小言ばかり言うのでしょう？」

「小言……そう。貴方には私の言葉は小言なのね」

「姉上、私も今日は疲れたのです。小言を言うだけならもうお引き取り願いたい」

「ルドゥーベル」

「まだ何か？」

「貴方は王になりたかったのよね？」

「王になりたかったのではなく王になるのは私しかいません」

「ルドゥーベル、貴方が王になると言うのならサラさんはやめておきなさい」

「姉上！」

「サラさんでは王子妃は無理だわ」

「どうしてです。姉上が何を言おうと私はサラを私の妻にします」

「それなら貴方はどうしてサラさんを導かないの。自然体？　マナーもない、きちんとした言葉遣いもできない、下品なドレス、挙げ句酔っ払って醜態《しゅうたい》を晒して途中退席したのよ」

「ですがサラのよさは自然体です」

「平民丸出しが自然体なの？　妃教育が途中だとしても拙いながらに努力していればそれを咎める王はどこにもいないわ。なぜ貴方は見て見ぬ振りをしているの」

「サラには出会った頃のままでいてほしいのです。マナーや言葉遣いが大事なのは私もわかっています。それでもそれにとらわれない彼女だから私はサラに惹かれたのです」

「なら貴方も平民になりなさい」

「姉上！　私は父上の唯一の息子です。この国の王になるのは私しかいない」

「貴方が王になると言うのならこれだけは覚えておきなさい。婚約者一人導けない人が国を民を導けるわけがないでしょ」

「姉上！」

「サラさんのマナー、言葉遣いを諭し戒める、それは貴方の役目ではないの？　それを貴方はサラさんのよさは自然体だからとそれらを一切しない。サラさんの失態はすべて貴方の失態なの、それを貴方はわかってるの？」

「サラの失態など可愛らしいものです」

「それを決めるのは貴方じゃなくて客人よ。それを間違えてはいけないわ」

「姉上、これ以上サラを悪く言うのならお引き取りください」

「最後にもうひとつ」

「はぁ、なんですか」

「貴方はお父様におもてなしを命じられたのよね？」

「まあそうですが」

「おもてなしとは心よ？　相手を敬い心を込めてもてなす。ルドゥーベル、貴方には心がないわ。それを見逃す王など誰一人としていないと覚えておきなさい」

「はいはい覚えておきますよ」

「ルドゥーベル」

「まだなにか！」

「これは外交なのよ？」

「それくらい私にもわかっていますよ」

「貴方がきちんとわかっていればいいのだけれど」

「私も今日は疲れたのです。姉上がいては寝るに寝れない」

姉上がようやく部屋を出ていった。まったくいつまでたっても弟扱いしかしない。嫁いでこの国とは関係ないというのに。もういい加減妬むのはやめてほしい。

◆　◆　◆

私は昼から離宮へ来た。

ついにこの日がやってきた。昼から最終確認をしてドレスに着替える。

「ミレ、ありがとう」

「綺麗ですよ」

「ふふっ、お世辞でも嬉しいわ」

「私がリリーお嬢様にお世辞を言ったことがありますか？」

「そう言えばないわね」

「はい」

「ふふっ、ありがとう」

ハンスから贈られたドレス、落ち着きのあるシルバーグレーの生地に落ち着きのあるブルーの糸で刺繍が裾の方だけ刺してあり、腰部分からシルバーグレーのシフォン生地が前側だけスリットになっていて歩くとシフォンが揺れる。

肩に縫い付けてある同じシフォン生地が肘まで隠れるようになっていて、腕は動かしやすく、それでいて素肌は見えにくいようになっている。

胸元のところにはシルバーの糸で刺繍されている。

ネックレスとイヤリングは誕生日の時にハンスから貰った物を、そして婚約した時に貰った指輪をはめている。

コンコンコンコン。

「準備はできた？」

「できたわ」

「綺麗だ」

「ドレス、ありがとう」

「お礼なら義母上と義姉上に言ってほしい」

「それでもハンスが贈ってくれたドレスよ？　もちろんお母様にもお義姉様にもお礼は言ったわ。それでもお礼を言いたいの」

「そうか」

ハンスは嬉しそうに、少し照れながら笑った。

「ありがとう」

「リシャに贈るのが俺の楽しみだから」

「ふふっ」

「さあ、行こうか」

「そうね」

ハンスにエスコートされ離宮から王城へ行き、晩餐会の会場に着いた。

会場内を歩き、最終確認をしてハンスは一人の男性に近づいた。

「アーロン」

「お待ちしておりました、ハインスリード殿下」

「抜かりは」

「ありません」

「苦労をかけるがよろしく頼む。アルド、時間だ」

「はい、ハインスリード殿下、では扉を開けます」

「頼む」

お兄様が会場の扉を開ける。しばらくすると客人が続々と入ってきた。

「本日は夫婦水入らず、ゆっくりとお食事をお楽しみください」

ハンスと私は一人ずつ声をかける。

今日の席の配置は四人掛けのテーブルに椅子を向かい合わせに一脚ずつ置いて隣の席と離した。夫婦、親子水入らずで食事を楽しんでもらうためだ。

各国に一人の侍女を付け、何かあればすぐに私達に伝えるように指示している。

晩餐会は例年通りなら隣合う席、他国の王、王妃と話をしながら食事するのが決まりだろう。それでも今日は二日目、三日間の一日くらいは夫婦水入らず、親子水入らずでゆっくり食事をする日があってもいいのでは、とハンスと話し合った結果だ。きっと国でも夫婦水入らずゆっくりと食事をする機会はあまりなく、子供達も揃って食事をするのだろうと。

料理もせっかくだから堪能してもらいたい、普段はそんな余裕もないだろうからと、社交を一切してこなかったハンスらしい意見だなと思った。確かに私も昼間のティーパーティーに出席した時のお茶の味もお菓子の味も覚えていない。それだけ気を張っていた。粗相は許されない、そんな緊張感の中で味などわからなかった。

今回の賓客は王と王妃がほとんどだから場慣れはしていらっしゃるはずだけど……

それでも私達のおもてなしは「夫婦水入らず」これが今回のテーマだ。

吉と出るか凶と出るかはわからない。

それでも私達なりにやろうと二人で決めた。

心をつくして接待し、最悪の結果になった時は二人で平民になり辺境で暮らそうと。

皆が席に着き、陛下のご挨拶のあと、乾杯をしたら料理が各テーブルへ一斉に運ばれる。給仕の人数を増やし一斉に運ぶようにした。

私達は端の席から全体を見ながら食事を進める。

一皿目のオードブル、各国微妙に違う。この国の名産品と各国の名産品を組み合わせた料理。

スープは王宮の料理長の絶品コンソメスープ。魚料理、肉料理はソースをこの国と各国、両方の味が楽しめるようにした。

「殿下、侍女からの報告です。ライザン帝国の皇帝陛下の食が進んでいないと」

侍女から得た情報をお兄様はハンスに報告する。

「スープは？」

「スープは飲まれたそうです」

ハンスとお兄様の話を聞いていた私は二人の会話に口を挟んだ。

「それなら何か喉を通りやすい食事に変えたらどうかしら」

「そうだな。アルド、すぐに料理長へ伝えてくれ」

「承知いたしました」

「どうかされたのかしら」

私達は昨日の晩餐会の様子を聞かされていない。だからどんなおもてなしをしたか、昨日の様子はどうか、それさえも知らない。加えてティーパーティーに出席していないから今日の体調もわからない。独自で調べてもいけないという、厳しい制約が課せられていた。

お兄様が戻り、ハンスに耳打ちする。

「料理長からすぐにお出しすると」

「ありがとう」

ふと気づいてお兄様に声をかける。

「ねぇ、アルド」

「はい」

「メーランド大国の王妃殿下の魚料理、アルドがお出ししてくれないかしら」

「承知いたしました」

王妃殿下の魚料理は見た目はほかの方々と変わらないが、魚部分がグラタンになっている。魚の苦手な王妃殿下用の特別な料理を間違えられては困る。

給仕を信用していないわけではないけど、万が一があっては困る。

それなら信頼できるお兄様にお願いするのが一番だ。

「では、一時間後の舞踏会でお待ちしております」

私とハンスは皆様をお見送りする。

食事が終わり、皆一度控室に戻ってきた。

私は控室に待機させていたミレに化粧直しをしてもらい、髪型を少しだけ変えた。

その間、ハンスはお兄様とお酒の確認、周辺諸国の客人の確認、この国の上位貴族の確認をしていた。それからアーロン様と警護の最終確認をしている。

お父様とお母様、お義姉様が私達の控室に顔を出した。

「義父上、今日は宰相としてではなく、公爵当主としてお呼びしました。この国の貴族はお任せします」

「ああ、任せてくれ」

「ありがとうございます。お願いします」

「義母上も義姉上もすみません。どうか私に力を貸してください」

「わかっているわ。ご婦人方は任せて」

「お願いします」

ハンスは頭を下げた。

「ハインスも頑張りなさい」

お母様は優しい顔でハンスに笑いかけた。

「義兄上もすみません。今日は私の補佐をお願いします。これから始まる舞踏会が本番ですから」

「わかっている、滞りなく行おう」

「リシャも俺を助けてくれる?」

「当たり前よ」

ハンスは私をギュッと抱きしめた。ハンスの手が震えていた。

社交をしてこなかったハンスにとって初めての社交がこの舞台。

緊張するなって言う方が無理な話ね。それでもハンスならできると私は信じている。

私はハンスの背に手を回し、トントンと優しく叩く。

「大丈夫よ。心を忘れなければお怒りになる方はいないわ」

「ああ」

「私も初めてティーパーティーに参加した時は、ライザン帝国の皇后陛下に助けてもらったのよ?」

「そうなの?」

「ええ。国の一番上に立つ方々だもの、喩《たと》え無礼があっても努力する姿、頑張る姿、もてなす心を忘れなければ誰も咎めたりしないわ」

「そうだよな」

「ええ。いつも通りのハンスで大丈夫よ」

私はハンスが安心するように微笑んだ。

「それでもなかなか言葉がな……」

「それこそ心よ。言葉遣いが大事なのは当たり前よ? それでも会話に心を込めれば、自然と伝わると思うの。相手を敬い紡ぐ言葉にはその気持ちが言葉に宿る、私はそう思うわ。いくら上手に話しても、心がこもっていなければどんな風にも受け取れる、そう思わない？」

「そうだよな」

「ハンスは上手く話さなくては、どんな言葉選びをしよう、そう思っているのよね？」

「ああ。相手は友好国や同盟国の方々といっても他国だ。俺の一言で、俺の行動で、すべてを台なしにしたくない」

「そうよね。だからこそ言葉ひとつ行動ひとつに心を込めましょ？　上手く話そうとか上手に立ち回ろうとしなくてもきっとわかってくださるわ。だって皆様、国の王と王妃、人を見抜く力を持っている方々よ？　ハンスが相手を敬い誠心誠意心を込めれば、それに気づかない方はいないわ」

「ああ」

私は両手でハンスの両手を包んだ。

「さあ、ハインスリード殿下、一緒に心を込めておもてなしいたしましょう」

「ああ、おもてなししよう」

ハンスの顔つきから不安が消えた、そう思った。

今回、社交に不慣れなハンスにとってこの国の貴族と各国の客人、両方相手すればどちらもどっちつかずになると二人で判断した。ならどちらを相手するか、それは最初から決まっている。

「三日間宴を行う。三日間の内、一日をハインスリードとリリーシャが客人をもてなせ。私は口出しはしない。すべて二人でもてなすのだ、よいな」

陛下からの命は周辺諸国の客人のおもてなし。

もちろんこの国の貴族を蔑ろになんてできない。ハンスが王太子になった時に、彼の印象が悪くなっても困る。そこで公爵当主のお父様に協力をお願いした。この国の貴族の相手を。そしてご婦人方の相手をお母様とお義姉様にお願いした。

「フゥー」

ハンスがひと息吐いた。

「さあ、行こうか」

「はい」

さっきまで不安な顔をしていたハンスが今は堂々としている。顔つきも変わった。

大丈夫、貴方ならできる。私はそう確信しているの。だから堂々と胸を張って。

「アルド」

「はい、殿下」

「あとのことは頼む」

「お任せください」

私達はこの国の貴族が集まっている舞踏会の会場へ入場する。陛下と王妃殿下は私達より少し前に入場された。

周辺諸国の客人よりも、三十分早いのだけれど……

「ハインスリード、リリーシャ」

陛下に呼ばれ、ハンスのエスコートで陛下の前に来た。

「すでに伝達済みではあるが、サイドメア辺境伯次男ハインスリードとエイブレム公爵家長女リリーシャの婚約を皆に伝える。そしてハインスリードは王位継承権を放棄しない。皆、心せよ」

「陛下の御心のままに」

集まった高位貴族の方々が一斉に臣下の礼をとる。

周辺諸国の客人の方々も会場に入場し、陛下は始まりの言葉を発した。

「舞踏会を開始する」

楽器奏者の生演奏が会場内に流れ始めた。

「殿下、陛下からの伝言です。始まりのダンスをと」

お兄様はハンスに耳打ちする。

「わかった」

ハンスは私を見つめ、「私の初めてのダンスのお相手をお願いできますか？」と手を差し出し、
私はハンスの手に手を重ね「光栄です。よろしくお願いいたします」と微笑んだ。

ハンスにダンスフロアへエスコートされダンスを踊った。

曲が終わり、お互いお辞儀をし顔を見合わせる。

「リシャ、さあ始めよう」

「ええ」

私達は周辺諸国の客人の元へ向かった。

「ハインスリード殿下、君はサイドメア辺境伯の子息だったのか」

「はい、エーゲイト国王陛下」

「アンスレードは息災か？」

「はい」

ハンスは微笑んではいるけど、どこかぎこちない。何か心配ごとでもあるのかしら。

「今日は楽しませてもらうぞ」

「はい、心ゆくまでお楽しみくださいませ」

ぎこちなかった顔が、今は王子の顔になっている。緊張したのかもしれないわね。

「ああ、そうさせてもらう」

「もしよろしければ、王妃殿下と庭園の散歩をお楽しみください」

「散歩か」

「椅子も各所にご用意しておりますので、夫婦水入らずの時間を夜の庭園をご覧になりながらお過ごしください」

「一度見てみるか」

「はい、ぜひとも」

隣国エーゲイトはハンスの生まれ育った辺境と隣接している国で十五年前まで戦にまで発展する小競り合いが続いていた。

今は友好的になってはいるけど……。それでもいまだに小競り合いはあるらしい。

今回、庭園には随所に椅子やベンチを用意した。庭園に咲いている花をライトアップし、昼間とは雰囲気の違う夜の庭園を楽しんでもらう。花壇の周りを散歩できるように両脇にキャンドルを置き、道を作った。庭園に出る時は各国に付けている侍女が合図すると騎士が二人付き、ホットワインやハーブティー、紅茶など温かい飲み物や膝掛けやショールを持った給仕が付く。

侍女には当日の体調、お酒の進み具合を観察してもらい、それに対応するようにあらかじめ指示してある。

庭園に出て散歩や椅子に座って休憩し、夫婦水入らずの時間を過ごしていただくことはアーロン様にも事前に伝えており、そのために警護警備には念には念を入れるように伝えてある。夫婦水入らずの時間を邪魔することなく警護警備するのはとても大変だろう。それは侍女も給仕も一緒だけど。

今回のおもてなしは皆の協力なしには成功しない。

私達はケースノール国王太子夫妻に挨拶する。

「エリック王太子殿下、アメスメリア王太子妃殿下、本日は心ゆくまでお楽しみください」

「ああ、そうさせてもらうよ」

「妃殿下にはぜひ一度飲んでいただきたいワインがあるのですが」

「ぜひいただこうかしら」

侍女がワインを王太子と王太子妃に手渡し、アメスメリアお姉様はワインを一口含んだ。

「甘いわ。こちらはとても飲みやすいですのね」

「はい。これから名産品になる予定のワインです」

「これは女性が好むと思いますわ」

「はい。メリアという名のワインです」

「メリア、何だか親しみを感じますわ」

「はい。他国へ嫁いだ元王女殿下を思い作ったワインだそうです」

「え？」

「人々に愛されるワインになるようにと元王女殿下の愛称の名を付けたそうです。元王女殿下の名を皆が忘れないように、そして他国へ嫁いだ元王女殿下が嫁いだ国で愛されるように、また嫁いだ先でも生まれ育った国に思いを馳せられるようにと、妃殿下を思って名を付けられたと」

「そう」

お姉様は幸せそうに微笑んだ。

「それならケースノール国にも取り寄せよう。アメスメリアを思い作られたワインだ。アメスメリアが民に愛されていると証明するためにも国中に流通させよう」

「エリック……」

お姉様は感極まったように呟く。

「ハインスリード殿下、よろしいかな？」

「はい、すぐに流通経路を確立します」

「早急に頼む」

「はい、エリック王太子殿下」

ハンスは後ろにいるお兄様に視線を動かした。お兄様はハンスの視線に頷く。お兄様は早急に流通経路を確立するだろう。近い内にメリアというワインがケースノール国でも愛されるようになる。

「アメスメリア王太子妃殿下、懐かしい庭園の幻想的な雰囲気を眺めながら今宵は夫婦水入らずでお過ごしくださいませ。庭園でゆっくりと夫婦の時間をお楽しみください」

私はお姉様に微笑んだ。

「ありがとう、ありがとう、二人とも」

エリック王太子殿下に肩を抱かれ、庭へ向かったアメスメリアお姉様を見送った。

お姉様は少し涙ぐんでいるように見えた。

そんなお姉様を優しく抱き寄せたエリック王太子殿下。二人の仲のよさに私は幸せな気分だった。

「ハインスリード殿下」

「ライザン皇帝陛下」

次に私達に声をかけてきたのはライザン帝国皇帝陛下だった。

「隣のお嬢ちゃんと話をさせてもらってもよいかな？」

「まあ、ライザン皇帝陛下、お嬢ちゃんなんて。ですがそうですわよね、お酒のお相手もできませんし、まだまだわたくしはお嬢ちゃんですわね」

「ハハハッ、リリーシャ嬢も言うようになったな」

「ふふっ、皇帝陛下だからですわ」

私は皇帝陛下と微笑み合った。

「そうか、ならリリーシャ嬢、私と一緒にダンスを踊っていただけますかな？」

「もちろんですわ、光栄です」

私は皇帝陛下にエスコートされ、ダンスフロアへ向かった。

曲が流れ、演奏に合わせ皇帝陛下とダンスを踊る。

皇帝陛下はダンスを踊りながら話しかけてきた。

「リリーシャも立派になったな」

優しい顔で私を見つめる皇帝陛下。

「まだまだですわ」

「初めて見た時はいつも不安そうな顔をしていた」

「あのときはまだ十歳でしたもの」

「そうだったな」

皇帝陛下の声が懐かしむように聞こえた。

「皇后陛下の体調はよくなりましたか？」

「体調はよくなったが」

浮かない顔を見せる皇帝陛下。

「皇帝陛下も食が進んでいらっしゃらないようですが」

「最近忙しくてな、食事をとる暇がない」

「それでも食事を抜いてはいけませんわ」

「そうなのだが」

「今日はゆっくりなさってくださいませ」

「ああ、そうだな」

少し疲れた顔をした皇帝陛下に私は笑いかけた。

「皇女殿下と親子水入らずの時間も大切ですのよ」

「なあ、リリーシャ、他国には女王が統治する国もある。それをどう思う」

「女王陛下、ご立派で素敵だと思いますわ」

「そう思うか？」

「この国もそうですが、帝国でも女性の爵位は認められておりませんわ。ですが、他国では女性でも王になり、爵位も継げますわ」

「ああ」

演奏が終わり、皇帝陛下はそのまま私を壁際へエスコートした。

周辺諸国の王に聞かれたくない話をしたいのだと思った。皇帝陛下は無闇に女王の存在の話をするような人ではない。でもその選択を考えている、そう思った。

「小娘の戯言とお聞き流しいただけたら」

「わかった」

「誰が王になってもわたくしはよいと思いますの。それでもよい国になるか悪い国になるかは王次第ですわ。王は王の器がございますでしょ？　王の器を持たぬ者が王になれば消滅か独裁か、それとも優秀な側近の傀儡《かいらい》か。ハインスリード殿下も本来なら王位継承は第四位、王弟殿下と嫡男様が放棄され、今は第二位になりましたが、それでも陛下のご子息のルドゥーベル殿下が王位を継ぐのが望ましいと思いますの」

「まあ、器があるかないかは別としてだがな」

「ふふっ、そうですわね。そこは別としてですわね。それでも、誰しも生まれ育った国を愛しく思い、だからこそ守りたい、そう思いますもの。わたくしがこの国に住まう一人の民として思うのは、王が誰であれ、暮らしやすく、戦がなく、笑顔が溢れるよい国になればと思いますわ。であれば、喩《たと》え第二位の殿下であろうと、皇女殿下であろうと、国を思い、民を思い、国を民を守るために全力を注ぐなら誰が王になろうが民は気にならないはずですわ」

「そうか。なあ、リリーシャ。今回の晩餐会、何か気づいているのだろ？」

「ふふっ」

私は何も答えず微笑んだ。

「正直に答えてくれないだろうか」

「薄々は、ですわ」

「リリーシャから見てどちらが王に相応しい」

「それはお答えしかねますわ。わたくしはハインスリード殿下の婚約者ですもの。ただ、今まで王子として生まれ育ってきて王になるのが当然だと、周りからの期待、ご機嫌取り、それらを甘んじて受け取ってきた王子が王位を継いだ時、どのような国になるのかは明白ですわ」

「賭けか」

「そうは申しません。賭けをする必要がないですもの。現在王位継承権を持つ者は二名、王に相応しい者を王に選べばよいだけですわ」

「王に相応しいか……」

「ふふっ、皇帝陛下でも悩みますの？」

「帝国もこの国と変わらんよ」

「まあ！　それはご心労お察しいたしますわ」

「今回、私も見てみたくてな」

「ふふっ、それでも皇帝陛下の心はすでに決まっていますでしょ？　女帝陛下、楽しみですわね」

驚いた顔をした皇帝陛下。

「どうして私の心が決まっていると？」

「皇后陛下の名代として皇女殿下がお見えになることはありますわ。それでもいずれ嫁ぐであろう皇女殿下が前回に引き続き今回も名代としてお見えになられたのでしょう？　今もわざとハインスリード殿下とお二人になされたのではありませんの？」

「そう思うか？」

「ええ」

皇帝陛下は視線の先で話している皇女殿下とハンスの様子を見ている。

「ここから二人を見てどう思う」

「皇帝陛下はどう思いますの？」

「正直まだまだだな」

「まあ、手厳しいですわね」

「それでも、見込みはある。それよりもリリーシャだ」

「わたくしですか？」

皇女殿下とハンスを見つめていた皇帝陛下は私へと視線を移した。

「皇后が心配していたぞ。本当なら今回皇后が来る予定だったんだが、今、私と皇后二人で国を空けるわけにはいかなくてな」

「皇后陛下にもご心配をおかけして申し訳ありません」

「帝国もこの国と変わらないと言っただろう？」

「はい」

ライザン帝国で何があったのか私は知らない。それでも皇帝陛下の様子で何か重大事が起きたと察してはいた。女帝を考えるまでに至る何かが。

「皇后はリリーシャを可愛がっているからな」

「わたくしは皇后陛下に何度も助けていただきましたもの」

「今回、ルドゥーベル殿下の件ではかなり怒っておった」

「それは申し訳ありません」

私は視線を少し下げた。

「どこの皇子も変わらないと嘆いていたよ」

「何と言ってよいのか……」

「皇后はリリーシャを初めて見た時、自分の娘と変わらない少女が不安な顔をしながら、それでも大人に交じり凛と立つその姿に心打たれたと言っていた。だからこそ力を貸したいとリリーシャの幸せを願っていた。今日、ハインスリード殿下と一緒にいる姿を見て私は安心した。彼なら安心できる。二人で力を合わせて国を築けると確信した」

「ありがとうございます」

「リリーシャ、王妃は大変だぞ」

「はい、皇后陛下が以前おっしゃっていましたわ。民に好かれようとするのではなく、民を護りなさい、民を護るために努力をしなさい、そうすれば自然と民に好かれるようになりますよと。わたくしは皇后陛下のお言葉を胸にこれからも努力してまいりますわ」

「それならよい。さあ戻ろうか、二人がこちらを気にしているようだ」

皇女殿下とハンスは私達をチラチラと見ている。

「皇帝陛下も皇女殿下とお話をされてはいかがでしょうか。時間はありますわ。本日は親子水入らずの時間を過ごしてほしいとわたくしどもはそう思っておりますの。庭園ならお二人の時間をゆっくり過ごせますし、皇女殿下のお心もお尋ねできると思いますわ」

「そうだな。一度話してみよう」

「ええ、そうなさるのがよろしいかと思いますわ」

皇帝陛下のエスコートで二人の元へ戻り、皇帝陛下は皇女殿下と庭園へ向かった。

私達が二人を見送っていると今度は後ろから声をかけられた。

「ハインスリード殿下」

「メーランド大国国王陛下」

メーランド国王陛下は少し陽気な雰囲気を纏《まと》っている。

「庭園、素晴らしかったぞ」

「ありがとうございます」

「夜の庭園はいかがわしい者達の定番の場所だが、幻想的な光景を見てとても綺麗だった」

「下品ですわよ、陛下！　ごめんなさいね」

隣に控えるメーランド王妃殿下は私達に微笑んだ。

「嫌味ではないぞ？　だから酒が進んだのだ」

「それでも飲みすぎですわ」

「綺麗な景色をつまみにホットワイン、あれはよい。今度王城の庭園でもやろうと思う」

「そうですわね。久しぶりに陛下と夫婦の時間をゆっくり過ごせましたもの」

「ああ。灯りはキャンドルだけ、静かで聞こえてくるのは虫の音だけ、目の前には夜の闇に咲いた花が明るく灯り、別世界に来たようだった」

「ええ」

「一時だけだが心の休息ができた。それに夫婦二人だけの時間もな。婚姻した頃を思い出した」

「ええ、そうですわね」

メーランド国王陛下は愛おしそうに王妃殿下を見つめ、王妃殿下も愛おしそうに国王陛下を見つめている。

国王夫妻の話を聞いている間、国王陛下はワインを数杯飲まれ、私は侍女に目線を送る。

私はハンスの飲み終わった空のグラスを貰い、違うグラスを渡す。侍女も国王陛下の空のグラスをそっと違うグラスに変える。

メーランド国王陛下はグラスに口をつけ、ゴクっと口に含んだ。

「ん？　これはレモン水か？」

ハンスも私が手渡したグラスに口をつけゴクっと飲んだ。

「レモン水ですね」

二人は顔を見合わせて首を傾けている。

「口直しですわ」

私は二人に微笑みながら答えた。

「それはいいわ。陛下、先ほどから飲みすぎですわ」

「そうか。今日は進んでな」

「それはわかりますわ。晩餐会の時から思っておりましたのよ？　侍女の心配りに感心しておりますの。初めは少し不安でしたの。他国の侍女ですもの、側で仕えていただいてもわたくしの意を汲んでもらえるかはわからなくて。それでもわたくしが何かを言わなくても侍女が先回りして、至れり尽くせり、こんなに気持ちのよい晩餐会は初めてですわ」

「ありがとうございます。そう言っていただけるとこちらも嬉しい限りですわ」

「しっかりご指導なさったのね」

「いえ、優秀な侍女達ですので。まだまだ未熟なわたくし達を手助けしてくれます」

「ふふっ、それも大事なことですわ。仕える者達の手を借り成長する、誰しも初めは未熟者ですわ。だからこそ感謝を忘れてはいけませんの」

「はい」

ハンスも国王陛下と話が弾み、いつの間にかレモン水からまたワインに戻っていた。

それからも周辺諸国の方々と挨拶をし話をし、緊張はしたけどとても楽しい時間を過ごせた。

夜遅くまで続いた舞踏会も終わり、邸に着いた頃には張りつめていた疲れで今度は眠気と戦いながら湯浴みを済ませ、眠りについた。

ハンスも今日はぐっすり眠れるのだろうと思っていた。でも少し違ったみたい。

ハインスリード視点

夜遅くまで続いた舞踏会も終わり、私室のベッドで横になる。

「疲れた……」

何事もなく終わり安堵した。

アーロンの報告では着飾った鼠が二匹入り込もうとしたらしいが、アルドとアーロンで対応して入り込むのを防いでくれた。騎士達には今日、いつもよりも厳重な警護、警備を強いてしまった。客人が庭園で過ごすなど本来ならありえない。騎士達のおかげで実現した。

リシャはもちろんだが、俺は今日、アルド、アーロンや騎士達、侍女、給仕、それに義父上、義母上、義姉上に助けられ支えてもらった。

俺は皆に何を返せるのだろう……

ベッドの上で横になり、ぼうっと天井を見上げる。

晩餐会の二日目が終わり、ようやく一息ついて久しぶりに寝れると思っていた。

晩餐会まではベッドで横になっても考えることは晩餐会や舞踏会のことばかり、睡眠時間はあってないようなものだった。

いつの間にか眠っていた俺は叩き起こされた。

「ハインス起きろ！」

「ぅうん、ち、ちち、うえ？」

「今から釣りに行くぞ！」

「ん？　え……？」

俺は寝ぼけながら薄目を開ける。

「うわあ‼」

「ハインス静かにしろ、まだ夜も明けてない」

「父上が目の前にいたら誰でも驚きます」

「それより釣りに行くぞ！」

「あぁ、はい……」

どこから持ってきたのか父上の手には二本の釣り竿があった。

父上に連れられて着いた場所……

「父上、ここは湖でも川でもありません。離宮にある池です」

「ああ」

「池で釣れる魚なんていないるんですか？」

「いない」

「はぁぁ、ならなぜ釣りなどするのです？」

「細かいことは気にするな！」

父上はどかっと胡座《あぐら》をかいて座った。

「はぁぁ、まあいいですよ」

俺も父上の隣に座る。釣れもしないのに池で釣りをする。どんな仕打ちだ。

「なあ、ハインス」

「なんですか」

「兄上は今日、晩餐会の責任を取って王を退くだろう」

「……そうなんですか？　何があったかは知りませんが」

「俺は王にはならん」

「でしょうね」

「だが、お前にはまだ早い」

「ええ、もちろんです」

「兄上を辞めさせるな」

「俺が何か言って陛下の気持ちが変わりますか？」

「わからん」

「父上が止めればよいでしょう」

「お前はいずれ王になるのだろう？」

「なれるように努力はしていますが」

「王になりたいのなら現国王が辞めるのを止めろ」

「さて、俺にできますかね」

「できるできないではない。するんだ」

「……わかりました」

「なあ、ハインス、さっぱり釣れんな」

「はぁぁ、当たり前です。そもそもこの池に魚はいません。釣り竿より網ですくった方がまだ何かしら取れますよ」

「だな。釣りはやめだ」

父上は立ち上がり、釣り竿を引き上げた。

餌の付いていない釣り竿。俺は座ったまま立ち上がった父上を見上げた。

「父上」

「なんだ」

「昔から父上はよく一人でも夜釣りに出掛けていましたよね？」

「さあ、どうだったかな」

「俺、昨日の舞踏会で以前父上からよく香っていた匂いをある方から嗅ぎました。……父上はエーゲイト国王とお知り合いなのですか？」

父上は何も言わず、俺をじっと見つめている。

エーゲイト国と隣接する辺境でエーゲイト国王とお互い顔くらいは知っていてもおかしな話ではない。知り合いかと聞かれて、知っていると答えても変ではない。

俺は仲がいいのですかとは言っていない。それでも父上は無言。服に香りが移るくらい近くにいた。短時間では服に香りは移らないのに。

父上が夜釣りに出掛けると決まって明け方に帰ってくる。それは俺を夜中に起こして釣りに行くときもだ。だから今まで気にしなかった。

でも、舞踏会でエーゲイト国王と話した時、国王は父上を知っていた。そして国王から香った匂い、父上が一人で夜釣りに行くと必ずその匂いがした。

「で？　兄上を止めることとそれが何か関係あるのか？」

「いいえ」

俺は顔を横に振った。これ以上父上に何を聞いても、俺には話さないだろう。

朝日が昇り始めた。

「ハインス、久しぶりにお前の腕を見せてみろ」

「お手柔らかにお願いします」

「ハハハッ」

あぁ、この顔は無理だ。

俺はそれから父上にしごかれ、父上は早朝稽古をしている騎士隊の方にも行き、騎士達に稽古をつけ、父上はとても満足そうな顔で王城から出ていった。

きっと義父上の家に行ったな。義父上にも俺に言ったことを告げに行ったか。

陛下を説得する、今度は夜までこのことを考えるか……

◆　◆　◆

晩餐会三日目、私は早めに離宮へ来てハンスと一緒に軽食をとる。疲れた顔をしているわ。二日連続の晩餐会で疲れているのかと思った。でもどこか上の空ね。

私達は舞踏会から参加することになった。

ドレスに着替え、ハンスに声をかける。

「ハンス、大丈夫？　何か気になることでも？」

「いや、行こうか」

離宮に来た時からハンスは一人で何か考えこんでいた。

エスコートされて舞踏会の会場へ向かう。

「ハンスどうしたの？」

「うん、まあ、ね。いやさ、リシャはどうやって顔を作るのかな？　と思って」

「顔？」

「昨日もずっと微笑んでいただろ？　俺は途中から作れなくなってさ」

「そう？　最後までできてたわよ？」

「そうかな？」

「そうね。私もずっと微笑んでいるなんて最初はできなかったわ。子供の頃なんて作り笑いは駄目で自然に微笑め、と言われてもできるはずないもの。だからね、動物に例えたの。私は犬よ。子供の頃は相手にも耳と尻尾を付けたわ。怒る人には威嚇しなくても大丈夫よって、近寄る人には人懐こいのねって、そしたら自然の笑みができるようになったわ」

「動物か」

「例えだからね？」

「わかっているよ」

扉の前に立ち、私は顔を作る。

「さあ、ハンス、顔を作って」

「すごいな……」

私の顔を見て感心しているハンスに声をかける。

「ハインスリード殿下」

「ああ、さあ、行こうか」

「はい」

扉が開き、私達は会場の中へ入る。

陛下の挨拶のあと、舞踏会が始まった。

陛下と王妃殿下は始まりのダンスを踊り、玉座に座られた陛下に挨拶をしてから周辺諸国の方々に挨拶をする。

「ハインスリード殿下」

「エーゲイト国王陛下」

「ハインスリード殿下、ひとつ聞きたいのだがよいか」

「はい」

「もし戦になり殿下と民、どちらの命を助けると言われたらどちらをとる」

「もちろん、民です」

「隣にいる婚約者と民ならどうする」

「もちろん、民です」

「なら自分と婚約者ならどうする」

「婚約者と言いたいところですが、その時は一緒に命を捨てます」

「一人は助かるのだぞ」

「ですが、戦が始まったのなら話し合いが上手くいかず、武力行使に出たのでしょう。私と婚約者の命で戦が終わり、民が助かるのなら私と婚約者の命を差し出します」

「君も同じか？」

エーゲイト国王陛下は私を見つめる。

その瞳に口からでまかせを言っても国王には隠せない、そう思った。

「はい。わたくしもハインスリード殿下と同じ思いですわ」

「死なばもろともか」

私達は顔を見合わせ、頷く。

「「はい」」

「そうか」

私達の答えを聞いたエーゲイト国王陛下はルドゥーベル殿下の方へ歩いていった。

「ハインスリード殿下」

エーゲイト国王陛下を見送っていた私達は振り返った。

「エリック王太子殿下、アメスメリア王太子妃殿下」

「昨日の庭園は素晴らしかった。アメスメリアとも、昨晩のあの庭園はこの先ずっと忘れられないなと話していたんだ」

「ええ、本当に素晴らしかったですわ」

「ありがとうございます」

エリック王太子殿下と話をしている時、少し離れた場所でエーゲイト国王陛下とルドゥーベル殿下が話していた。

「もちろん私です」

ルドゥーベル殿下の声が聞こえた。

さっきハンスに聞いたことと同じことを聞いているのなら、殿下と民のどちらを選ぶか――

「もちろん婚約者です」

これは婚約者と民だ。

「もちろん私です」

これは殿下と婚約者ね。

「私の代わりはいませんが民の代わりはいくらでもいます。それに愛しい婚約者ですが、婚約者の代わりもいます」

アメスメリアお姉様も殿下の声が聞こえたみたい、お姉様と目が合った。

民の支えがあっての国なのに。それにそんな大きな声で答えたら……皆さん聞こえてるわ。チラチラとエーゲイト陛下と殿下を見ているもの。

その時ルドゥーベル殿下と目が合った。

「リリーシャ」

殿下がこちらに歩いてきた。

「はい、ルドゥーベル殿下」

「お前はサラの補佐をしろ」

「ふふっ、ご冗談を。わたくしはハインスリード殿下のお側を離れるつもりはありませんわ」

「ハインスは一人でも大丈夫だろ。だが、サラは誰かが間に入らないと会話にならない」

「会話にならないとはどういう意味ですの」

「ほら、あの大国の――エミリオ」

殿下は後ろに立つエミリオ様に聞いている。

周辺諸国の名前も覚えていないの？

「殿下、メーランド大国です」

「ああ、そうだ。メーランド大国の王妃殿下が大国の言葉で話すから、サラと会話にならない。リリーシャはサラの補佐をしてくれ」

メーランド大国は同盟国よ？　同盟国の言葉くらいは覚えないと。

それに昨日は王妃殿下はこちらの言葉を話していたわ。

「ルドゥーベル、少し話があるわ。一緒に付いてきなさい」

「姉上またですか。ここでいいですよ、話してください」

お姉様は周りを確認してから、強い口調で殿下に話しかけた。

「ルドゥーベル、いい加減にしなさい。それがサラさんの今の実力なのでしょう。それを説明してこちらの言葉で話してもらうように頼みなさい。それにリリーシャを頼るのはやめなさい。リリーシャは貴方とはもうまったく関係ないのよ。今はハインスリードの婚約者なの」

「なら姉上が助けてください」

「もういいわ、貴方は周辺諸国の方々と会話するのではなく、サラさんと貴族の相手をしなさい」

「いいのですか」

「ええ」

殿下とサラ様は貴族の方々が集まる方へ歩いていった。

「リリーシャ、ごめんなさい」

「ありがとうございました」

私はお姉様に微笑んだ。

お姉様も大変ね……

周辺諸国の方々と話をしていた時、ハンスの後ろに大きな影がかかった。

その大きな影はハンスの肩をバン！　と叩いた。

「痛っ」

ハンスが後ろを振り返り、自分の肩を叩いた人物を確認する。

「父上」

「ハインス、どうだ」

「まだですよ」

「少し早かったか。なら酒でも飲むか」

「どうぞ大公殿下」

私は給仕からワインを受け取り、大公殿下に手渡した。

「リリーシャ、すまんな」

「いえいえ、とんでもありません」

「アンスレードではないか」

エーゲイト国王陛下がこちらへ歩いてきた。

「おお、ローガン」

「お前が来てるとはな」

「今来たところだ」

「どうぞお召し上がりください」

エーゲイト国王陛下にもワインを手渡す。

「すまんな」

エーゲイト国王陛下は一口で飲み干した。

大公殿下とエーゲイト国王の仲のよさに驚きを隠せない。一応いまだに小競り合いをしている国同士よ。ハンスも驚きを隠せないみたい。

「アンスレード、また行くか」

「おお、いいな。また勝負するか」

「勝負にはならんがな。俺達の竿には魚が掛からないからな」

「まあな。で、どうだ」

「こちらは決まった」

「そうか」

「あの、父上」

「何だ」

「父上とエーゲイト国王を見ていると大変仲がよいように思えるのですが」

「まあ、隣の国だしな、仲よくするのが好ましいだろ」

「ではどうしていまだに小競り合いを繰り返しているのですか」

「そこはいろいろとな、いろいろとあるんだ」

「そのいろいろを私は聞きたいのです」

エーゲイト国王はハンスと大公殿下の会話を遮るように二人の間に入った。

「殿下、お前の父は俺を、あ、駄目だな、アンスレードといるとどうしても気が緩む」

「構いません」

ハンスはエーゲイト国王と向かい合った。

「そうか。大公は初め、俺を脅しにきた」

「脅しに、ですか」

「俺は武器を持たない、戦わない民を殺しはしない。捕虜にはするがな」

「捕虜」

「そうすれば解放なり交換なり、交渉になるだろう？」

「はい」

「だが、武器を持ち戦う騎士には容赦はしない。迷わず殺す」

エーゲイト国王の顔は一瞬で戦士の顔になった。

「アンスレードは俺の裏をかいた。騎士は捕まればその場で処刑する。だが民は一度王城まで連れてくる。相手国との交渉のためにな。アンスレードは俺の国と他国の戦いから交渉まで調べ、集められた民にはある程度の自由も与えられると知った。自由といっても牢屋から出られるわけではない。だが見張りは牢屋がある塔の入口だけにしかいなかった。それを調べたこの男は自ら民に成りすまし、手練れの騎士達にもそうさせ、わざと捕虜になり王城へ来た。そして牢屋から抜け出し、連れてきた騎士達と夜中に俺の寝首をかいた。まあ本当に首を落とすつもりではなかったろうがな」

エーゲイト国王陛下は大公殿下に視線を動かした。

「当たり前だ」

「だが俺の上に馬乗りになり、首を動かせないようにぎりぎりに剣を刺しただろ」

「まあな。それくらいはするさ」

「それからこいつは俺を脅した」

「脅したのではない、交渉だ」

「首筋の両側に刺した剣を両手で握りしめていたやつがよく言うな」

「フッ」

大公殿下は当時を思い出したのか笑っている。

「こいつはペープフォードから手を引け、引かないならこのままお前を葬るだけだ、王城は制圧した、お前を殺しこのままこの国を乗っ取るだけだ、どうする？　と言った。俺も己の命など惜しくはない。だがな、こいつは笑って言ったよ、武器を持たない敵国の民を護るお前とは仲よくなれそうだ、お前みたいな王が民には必要だ、生きろとな。俺はこいつとアンスレードと話してみたいと思ったのだ。それから二人で話し合い、お互い手を引いた」

「懐かしいな、そんなこともあった」

「それからは釣り仲間だ。アンスレードが生きている限りは、だが」

ハンスはエーゲイト国王を見つめた。

「ひとつお聞きしてもよろしいでしょうか」

「何だ」

「小競り合いは度々あります」

「まあな、騎士達の稽古のようなものだ」

「稽古ですか。ですが重傷を負う者もいます」

「やるからには本気でやらなくてどうする。殿下は稽古と言われて本気でやるか？」

「怪我をさせない程度に本気を出します」

「戦いだと言われたら？」

「国を民を守るために本気でやります」

「自国のそれも同志達には手を抜けるが、他国なら手を抜きはしない。それは己の命を守り、同志達の命を守ることに繋がるからだ」

エーゲイト国王陛下を見つめるハンスは私が一度も見たことがない顔をしている。いつもの優しい顔でもなく、王子の顔でもなく、きっとこれが騎士の顔。凛々しく、どこか闘志のような気迫のこもった瞳。

「争いがなければ気が緩む。気が緩めばいざという時に役に立たない。気を引き締めるためにも小競り合いは必要なのだ。騎士とは国を守り民を守り同士を守り己を守り戦う戦士だ。日々の鍛錬で腕を磨き、他国と戦って戦い方や戦術を学ぶ。そのすべてが小競り合いに集約されている。だから要求は何ひとつしていない」

「そうなのですね」

ハンスは納得したみたい。私も話を聞く限り、小競り合いをする意味はわかった。

でも私は騎士ではないから、本当の意味ではエーゲイト国王の言葉の真意はわからない。怪我のないように、重傷を負わないように、小競り合い以外の方法はないのかとそう思ってしまう。

「先ほど俺が殿下に聞いたことだが、殿下も一番に護る者が民だと知れてよかった」

「幼い頃からの父上の教えです」

「よい父を持ったな」

「はい、ありがとうございます」


楽器奏者の生演奏がやみ、陛下と王妃殿下が立ち上がった。

「本日は私から皆に報告がある」

皆、一斉に話をやめ陛下を見つめる。

「まず先に、我が国と同盟国や友好国とはいえ、周辺諸国の方々には無礼を承知の上で今回の晩餐会を開催したこと、誠に申し訳なかった。改めて後ほど、謝罪をさせていただく」

陛下と王妃殿下は周辺諸国の客人に頭を下げた。

頭を上げた陛下と王妃殿下はこの国の貴族をまっすぐ見つめる。

「今から王太子を発表する」

陛下の声に私とハンスはお互い顔を見合わせた。

お互いすべての力を出し切った。だからどんな結果になろうと悔いはない。

陛下の近くにいたルドゥーベル殿下は呼ばれてもいないのに陛下の前に立った。

「父上、勅命謹んでお受けいたします」

殿下は堂々とした態度で答えた。

でも、陛下は殿下を一切見ていない。

「ハインスリード」

「はい」

「殿下、陛下の御前へ」

ハンスの後ろにいたお兄様はハンスを陛下の前へ行くように促した。

お兄様の促しにハンスは頷き、私をエスコートして陛下の前まで向かい、私達は陛下の前に立った。

陛下は私達を確認すると貴族の方々に視線を移した。

「皆も知っていると思うが、今、王位継承権を持っているのはルドゥーベルとハインスリードの二人のみ。どちらが王太子に相応しいかこの三か月見せてもらった」

「父上、王太子に相応しいも何も、私は父上の唯一の息子です。私以外誰が王太子になると言うのです」

陛下は完全にルドゥーベル殿下をいないものとして扱っている。殿下が何を言おうと殿下に視線すら向けない。

「王太子は、ハインスリード、お主だ。ハインスリード、こちらへ」

陛下はハンスを見つめ、自分の隣に立ちなさいと手で促した。

「は……」

「待ってください!!」

ハンスが返事をしようとした時、殿下は大きな声を上げた。

「ルドゥーベル、私の意に異議があるのか」

「異議？　あります！　どうしてハインスなのです。王位継承権を持っているとしても私がいるのに納得できません」

「納得できぬとな」

「はい」

「ならばお主は王太子になり、何をするつもりか」

「何を……」

殿下はすぐに答えられないのか、言葉を詰まらせた。

「ハインスリード」

「はい、陛下」

「お主は王太子になり、何をしたい」

「はい。陛下の補佐です」

「補佐とな」

「はい。陛下は我が国、我が国に暮らす民を守るために相対するのは他国です。ならば、王太子という立場で何ができるのか、我が国に暮らす民を守るために、今の治世を守るために、陛下が他国から我が国を守ることに尽力できるよう、私は我が国の民に寄り添いたいと思います」

ハンスは陛下の目をしっかりと見つめて答えた。ハンスの声に迷いはない。

「父上、私もです。私もそう答えるつもりでした。ハインスが先に言っただけで私もまったく同じ気持ちです」

　殿下はハンスを睨んでいる。

「ならばルドゥーベル、お主はどう民と寄り添うのだ」

「私にはサラがいます。サラは平民の気持ちが一番理解できる。私はサラと共に平民の声を聞き、何を求めているのか、何をすべきか、サラを通して知り得た情報は私しか得られません。私だけが平民と寄り添えると思います」

「ならばハインスリード、お主はどう民と寄り添うのだ」

「はい。まずはルドゥーベル殿下、この国に暮らす民は平民だけではありません。貴族もこの国に暮らす民ということをお忘れなく」

　ハンスは殿下から目を逸らさず言った。殿下は悔しそうにハンスを睨んでいる。

「陛下もご存じの通り、私は次男です。貴族の秩序に疎く社交から遠のいていました。先ほど、王太子として民に寄り添うと言いましたが、簡単なことではないと思います。私が今知り得るものは王太子教育中に習った知識だけです。王太子として相対するのは教科書ではなく人です。十人いればそれぞれ考え方も思いも接し方も違います。人と相対するには人を見る目がないと知識だけでは何の意味もありません。それに綺麗ごとだけで民を守れるわけでもありません。貴族と平民、迫害を受ける者、すべてを守り寄り添うには私も日々努力をし続け、耳を傾け、声を聞き、情報を得、何が最善か見極める力が必要です。力を得てようやく本当の意味で寄り添えると私は思います」

「ならば、まだ力がないと心得ていると言うのだな」

「はい」

「そうか。ならばこれから尽力するのだ、よいな」

「はい、陛下」

ハンスは少し頭を下げた。

ハンスは今の自分の力量をきちんと把握している。自分には何が足りないか、これからどうすればいいか、ハンスにはそれがわかっている。

「父上、やはりハインスでは力不足だと思います。王太子は私しかいません」

「ルドゥーベル、お主は私の命を聞いていなかったのか。王太子はハインスリードと言った」

「父上！　私も納得できませんと言いました」

殿下は陛下の目の前に立ち、陛下を少し睨むような目で見つめている。

「ルドゥーベル、王太子、行く末は王として必要なものは何かわかるか」

「広い心です」

「確かにそれも必要だ。だがな、一番必要なものは忠誠だ。臣下の忠誠はもちろんだが、側で支え仕えてくれる者達の忠誠心がなければ王にはなれない。お主にはそれがない。ない者を王にすることはこの国の滅亡を意味する」

「私にない？　私の側に仕える者達は私に忠誠を誓っています」

「そうか」

陛下は覚悟を決めた顔をした。

納得しない殿下が納得するように、陛下がこれからしようとしていることは何となくわかる。

陛下もきっとここまでしたくはなかったと思う。

「アルド」

陛下に呼ばれたお兄様は陛下の前まで歩いてきた。

「はい、陛下」

「アルド、次期宰相として聞きたい。正直に答えても咎めはしない。アルドはルドゥーベルに忠誠を誓っているのか」

「私はハインスリード殿下にこの身を捧げると忠誠を誓いました」

お兄様は陛下をまっすぐ見つめ答えた。

「アルド！　お前は私の側近ではないのか！　私を裏切るのか！」

殿下は怒鳴るようにお兄様に詰め寄った。

「ルドゥーベル殿下、私は宰相補佐として今は陛下に仕えています。ですが、次期宰相としてこの身を捧げるのなら、ハインスリード殿下に捧げたいと思っています」

「私の側にいたではないか」

「陛下の命でルドゥーベル殿下に仕えていただけです」

「それでも仕えていたのは変わらないであろう？　アルドは私に忠誠を誓っているのだろう？」

「殿下、申し訳ございません。私はハインスリード殿下に忠誠を誓いました」

「アルド！」

「申し訳ございません」

お兄様は殿下に頭を下げた。

「アーロン」

次に陛下に呼ばれたのはアーロン様。

「はい、陛下」

「アーロン、次期近衛騎士総隊長として聞きたい。アーロン、ルドゥーベルとハインスリード、騎士として盾になり、己の命をかけるとしたらどちらだ」

「アーロン！　お前は私と幼い頃からの友だ。それに私の側近ではないか。もちろん私を選ぶよな」

「ルドゥーベル殿下、今は友は関係ないと思います。陛下は騎士としてとおっしゃいました。私は騎士として返答いたします。陛下、私は騎士として己の命をかけるなら、迷うことなくハインスリード殿下にこの命を捧げます」

「ハインスリードにか」

「はい、陛下。私はハインスリード殿下に忠誠を誓いました。陛下、ひとつ私からもよろしいでしょうか」

「構わない」

「私だけでなく、王城に仕える騎士達皆もハインスリード殿下に忠誠を誓っています」

「わかった。下がってよい」

アーロン様は陛下に騎士の礼をしてから後ろに下がった。

「ルドゥーベル、聞いた通りだ。いずれ王の側に仕える者達はハインスリードに忠誠を誓っている。お主ではない。この三か月、私は、二人のうちどちらが王になる資格があるか平等に見てきた。そしていずれ王の側で仕える者達との絆が築けるかもだ。私が初めに言った命は何か覚えているか」

「晩餐会をサラともてなせと」

「そうだ。私は二人で、もてなせと言った。王と王妃は二人でひとつ。そして周辺諸国の方々の招待は外交だ。王と王妃は他国を相手する。この国を民を守るために無礼のないように細心の注意を払う。もてなしとは相手に敬意を払い己の真心を込め、歓迎の意を表した外交だ。お主にはその心がなかった」

「そんなことはありません」

「ならばサラは何をしていた！　己のドレスを選んだだけだ。そして当日は酒に酔い醜態《しゅうたい》を晒した、違うか！　外交は遊びではない！　この国と民の命がかかっているのだ！　己の知性、教養、所作、心と命をかけて国や民を守るのが王になるということだ！　お主とサラではこの国も民も守れぬ！」

ついに陛下は殿下に厳しい言葉を強い口調で言った。

「……ッ…………」

「お主は側に仕える者達の忠誠心を得ることはできなかった。お主には王の器はない！」

陛下の悲痛な叫びに近い声に会場にいる誰もが心を痛めた。それでも王の器がない者を王にはできない。喩《たと》えそれが陛下唯一の息子だとしても……

「私にはエミリオが仕えていました。エミリオの意見も聞いてください」

「ならばエミリオにも聞こう」

「はい、陛下」

エミリオ様は陛下の前に立った。

「エミリオはルドゥーベルに忠誠を誓っているのか」

「エミリオ、私とお前は幼い頃からの友だ、そうだろ？　お前はお前だけは私を裏切らないよな？」

「ルドゥーベル殿下、殿下とは幼い頃からの友ですが、殿下に忠誠を誓っているかは別の話です。いずれこの国の王になられるお方を臣下として支えるなら、私はハインスリード殿下を支えたいと思います」

「ならばエミリオ」

「はい、陛下。私はハインスリード殿下に忠誠を誓いたいと思います」

エミリオ様は凛と立ち陛下に答えた。その表情はどこか悲しげに私には見えた。

「エミリオ！　なぜだ！　なぜお前まで！　お前は私の側近ではないか！　学友ではないか！　友ではないか！」

「殿下、私は殿下の側近として、学友として、幼い頃より今まで仕えてきました。今後も友として接していきたいと思いますが、友としてだけです。本音を言えば、できれば友としてももう関わりたくはありません。私は無能なので、無能の私が殿下の側にいるのは相応しくないと思います」

「エミリオ！」

「殿下、私もですが、アーロンも殿下の側近として民から慕われる王になれるようにと助言をしてきました。ですが殿下は私達の言葉に一切耳を傾けてはくださいませんでした。殿下、もしも殿下が王になった時、他人任せの王に誰が仕えたいと思いますか？　補佐する私との時間を無駄な時間と言う王がどこにいますか？　臣下との時間が無駄だと、そう言っているのですよ」

「違う！」

「『やっておけ』『いちいち私に聞くな』それが補佐する私に対する指示だと、殿下は本当にそう思いますか。ルドゥーベル殿下は私に『晩餐会をすべて任せる』とおっしゃいました。それなら私にすべて任せていただいてもよろしいでしょうか」

「晩餐会はもう終わった」

「いえ、今も晩餐会の最中です」

「私が準備する晩餐会初日は終わった。よってエミリオには何も権限はない」

「そうですか。それなら側近として学友として、長く側に仕えてきた私からの最後のお願いです。陛下の命に納得できないのなら、人に任せることしかできない殿下ですから、王位もハインスリード殿下に任せてはどうですか？　ハインスリード殿下なら人に任せず、臣下を思いやる心をお持ちです。貴方にはないものをすべて持っています。国を民を守ろうと思いやる気持ち、王族として側に仕える者達への心配り、そしてなにより今後、側で支え共に助け合う婚約者を蔑ろにはいたしません」

「私はサラを蔑ろにはしていない」

「サラ嬢ではなく、リリーシャ嬢のことです」

「何だと！」

「殿下、王家に惨めにしがみつくか、それとも違う選択をするか、優秀な殿下ならおわかりかと」

「どういう意味だ！」

「殿下はもう王太子にはなれません。陛下の唯一の息子ですから、何の役にも立たないのに王城に留まるのもひとつの選択です。ただ、その場合穀潰しになりますが。もしくはサラ嬢の養子先に婿入りするというのもひとつの選択です。これからは臣下となり、王や王太子を支える立場として、この国に暮らす民として、謙虚になれればですが」

「エミリオー!!　お前!!」

「ルドゥーベル殿下、側近として殿下をよき王として導けなかったこと、誠に申し訳ありません」

エミリオ様は殿下に深々と頭を下げた。

その姿は殿下への決別のようにも見え、慟哭するようにも見えた。

幼い頃から共に過ごしてきた殿下を王にと望み、そして尽力してきた。それでも殿下は陛下の唯一の息子という立場に胡座《あぐら》をかいて側に仕える者達を軽視し続けた。離れる機会は何度もあった。お兄様が次期宰相に決まった時、学院を卒業した時、それでもエミリオ様は殿下の側にいた。そのエミリオ様の心に殿下が気づいていたなら、エミリオ様の声に耳を傾けていたなら、殿下は王太子になれたかもしれない。

私は悔しい。

今もこんな醜態《しゅうたい》を周囲に晒し続けていると殿下が気づいていないことが。貴方を信じてくれている人達をどれだけ失望させれば気が済むのか。

「エミリオ‼」

「見ぐるしいぞ！　ルドゥーベル！」

「父上！」

「ここまで言われても納得できないのであれば、もっとわかりやすく説明をした方がよいか？」

「納得できるわけがありません。どうして息子である私ではなく、従兄弟のハインスなのです。私がいるではありませんか。父上も私に自分の跡を継いで王になってほしいと、私が王になる姿を見たいと、そう言っていたではありませんか」

「そう夢見た時もあった。だが、最後の親心を無にしたのはお主だ。ケイニード、頼む」

お父様は陛下より一歩前に出た。そして殿下を見つめた。

「では、ルドゥーベル殿下、優秀な殿下にわかりやすく説明いたしましょう。今回、宴をもてなせと命を受けて準備をしたのはエミリオです。殿下はただ部屋でサラ嬢と座っていただけです。補佐であるエミリオとの絆も築けてはいません」

「エミリオは友だ」

「ええ、だからエミリオは殿下を友の時の呼び名でずっと呼んでいました。ルドゥーベル殿下、晩餐会は外交ですよ？　外交である以上、準備期間も含め公務です。友ではなく臣下として接するのが本来の姿、そして、名ではなく殿下と呼ぶのが相応しい。それを咎めるどころかそれさえも気づかずすべてをエミリオに任せました。指示さえもろくに出さず、補佐として仕えていたエミリオの話すら聞いていません」

「そんなことはない」

「おやおや、それはおかしいですね。エミリオの話を聞いていたのなら、なぜ対策を講じなかったのです。今年のワインは不作ですよ？　不作のワインの代用品を探しもせずそのまま不作のワインを出されました。それも周辺諸国が参加する外交で、です。サラ嬢についてですが、殿下の婚約者として、外交をする心構えや己の立場、まだ妃教育が始まってもいない未熟さは目を瞑りましょう。それでも最低限の会話、マナー、すべてにおいて備わっていません。殿下の王太子教育も『無理矢理』終わらせましたが、王太子としての知性も教養も殿下にはありません。半人前にも満たないお二人にこの国と民を守り託すことができると思いますか？　今回お集まりいただいた周辺諸国の方々の感想、陛下の命の遂行の失策、臣下との絆も築けず、殿下はまさに裸の王様。優秀な殿下ならもうおわかりかと思いますが、殿下の外交は『失敗』に終わりました」

「し、失敗、だ、と、私が失敗？　嘘だ、嘘だ、私は失敗などしていない…………、私は失敗などしない、私は父上のように、父上のような、王に…………」

殿下は顔を横に振っている。さっきまで怒っていた殿下が今は放心したようにうつろな顔をしている。

「ルドゥーベル殿下、陛下も殿下と同じように甘やかされて育ちました。ですが、陛下は己の立場に甘んじることなく努力をしてきました。学生の時は遅くまで図書室で勉学に励み、王太子になった時も陛下になった現在も誰よりも夜遅くまで政務や執務をしています。国を守るために、民を護るために、他人任せにせず、放棄せず、妥協案を探し出し、驕《おご》らず努力しています。王に相応しいのが誰であろうと、その姿に、懸命に取り組む姿勢に、皆が忠誠を誓っているのです。殿下にも陛下のその背中を見て育ってほしいと我々臣下は思っていましたが、残念です」

お父様はそう言うと陛下の後ろに戻った。

「今回の晩餐会の失敗によりルドゥーベルとサラには責任を取ってもらう。サラ、まずはお主に処分を言い渡す」

「責任？　どうして私が責任を取らないといけないの？」

サラ様はきょとんとした顔をしている。

「サラには貴族令嬢として最も厳しい修道院へ送る。その中で己の空の頭で、現実と物語の違いを命尽きるまで考えよ」

「私は平民です、貴族令嬢では……」

「お主は伯爵令嬢だ。今回の件で伯爵家から籍を抜かれ平民になるが、今はまだ貴族令嬢だ。極寒の地で己の過ちを悔いるとよい」

「極寒の地ってあれでしょ？　生ける屍になって死んでも出してもらえない、貴族の墓場……………い、や、いや、嫌よ、いやーーー」

サラ様は膝から崩れ落ちた。

「次はお主だ、ルドゥーベル。愚か者ではあるが私の息子には変わりない。ルドゥーベル、お主を断罪するのが私の、父親としての最後の仕事だ」

「父上？」

「お主をここまで無能にしたのは甘やかし育てた私の責任だ。だからこそお主には厳しい処罰を下す。処刑にしてもお主は楽に死ねるだけだ。悔いることも、償うこともできない。それでは意味がない。お主は己の立場に驕《おご》り、ぬるま湯に浸かって傲慢に振る舞い、胡座《あぐら》をかいてきた。その報いだ。ルドゥーベル、お主から王位継承権を剥奪し、王族籍から抹消し廃嫡する。その上で生殖機能を喪失させる」

王は一息に言って口を結んだ。握った拳がほんの少し震えている。

「お主を市井《しせい》に出したところでハインスリードに迷惑をかけるだけだ。鉱山送りも考えたが、お主は働きもしないだろう。それも皆に迷惑をかけるだけだ。それにだ、お主がリリーシャを蔑ろにし、無下に扱ったのは事実だ。彼女の心を傷つけた報いをお主は償わなくてはならない。幼いリリーシャをお主の婚約者として十年間王家に縛りつけてきた。子供らしい生活も送れず、家族に甘えることも家族で過ごすこともできず、幼いリリーシャからすべて奪い厳しい妃教育に縛りつけた。お主の処分だが、お主も十年間誰かに縛りつけられて生きてみよ。己の意思は関係なくただ毎日を生きる。そんな生活をお主も一度味わえ。お主を遠いかの国に引き渡すことにした。その国ではお主の立場も、もうなくなった権力さえも意味はない。『唯一の息子』も通用しない。かの国でお主は毎日誰かに縛られ働き、勝手に休むことも寝ることさえ許されない。己の身はお主の物ではなくお主を縛る者の物だ。お主はそこでこれまでの行いを悔い、償い、奴隷として誰かに己の人生を縛られ生きよ。それがお主への罰だ。十年後、もしまだ生きていたならお主には自由を与える。ただし、この国への入国だけは許可しない」

「父上？」

「アーロン、この二人を連れていけ」

「はい、陛下」

「父上‼　私は可愛い息子ではないのですか‼　父上、嘘だと、嘘だと言ってください‼　父上、母上ー‼　母上、助けてください‼　助けてください、母様………、母様ーーー‼」

アーロン様と騎士達が抵抗するルドゥーベル殿下とサラ様を引きずり扉の外へ連れていった。

「父上ーーー、嫌だーーー、父上ーーー」

「やめてよーー、私は関係ないじゃない、墓場なんて行きたくないわー」

舞踏会会場に響くルドゥーベル殿下とサラ様の声………

陛下と王妃殿下の顔が……断腸の思いで息子を断罪した。

誰だって子供は可愛い。甘やかして育てている。

私だってお父様に甘やかされている。陛下も一人の親として甘やかして育てただけ。

ただ、陛下の場合は国の象徴。王として甘えだけでは駄目だと、時に厳しく時に優しく、飴と鞭を使って育てないといけなかった。自分の息子に跡を継がせたいのなら……

飴だけで育てた結果がルドゥーベル殿下だ。

ルドゥーベル殿下が陛下のように己の立場を理解し胡座《あぐら》をかかず日々努力していたら……、もっと早くハンスの存在を、己の脅威だと、己の強敵だと、受け入れ認めていたなら……、そしたら違っていたかもしれない。

　それでももう遅い…………

「今回お集まりいただいた周辺諸国の皆様方には愚息の無礼を容認していただき、感謝しかありません。愚息の無礼を深くお詫びします」

　陛下と王妃殿下は深々と頭を下げた。

「愚息の無礼は私の責任、息子の育て方を間違えた私の責任です。愚かな親で愚王の私が皆様方に差し出せるのは己の首しかありません。私の首で許していただけるとは思いませんが、どうか私の首で償いとさせていただけませんでしょうか。今回の件とこの国と民は関係ないと聞き入れてはいただけませんか。前途あるハインスリードのためにも、今回の件で責を負うのは私だけにしていただけませんか。どうか、ハインスリードの行く先に温情を、どうかお願いします」

「国王よ、晩餐会初日は余興だろ？　余興に目くじらを立てる王などこの中にはいない。楽しい余興だった。きらびやかに着飾った道化師だったぞ」

　エーゲイト国王陛下の声に皆様が頷いた。

「ですが」

「なぁ、国王よ、誰だって間違えることはある。誰しも目が曇る時はある。それがただ息子だっただけだ。あんたはこの国と民のためには目が曇りはしない。あんたは間違いに気づき正した、それが事実だ。あんたが愚かな親のままならあんたの首は今そこにない、俺が落としていただろうよ。

だがな、あんたは己の手で息子を裁いた。どんな息子だろうと己の血を分けた子だ、誰だって己の子は可愛い。心が痛いだろう、心が苦しいだろう、身を切る思いだろう、だがな、そこから逃げるな。あんたが愚かな親だと思うなら、息子を愚息と思うなら、国のために、民のために償いながら生きろ、己の意思で手で自分の息子を裁いたあんたの罪だ」

「そうだぞ、兄上」

「アンスレード」

大公殿下はエーゲイト国王陛下の隣に立ち、陛下を見つめている。

「ローガンに先に言われたな、まいったな」

「お前！　お前が昨日の夜中にまた俺の枕元に来て『兄上を止めるのはお前しかいない、頼む』って言ったんだろうが！」

「そうだったか？　忘れたな！　ハハハッ、俺も年取ったな」

大公殿下は豪快に笑った。

「父上……はぁぁ……」

「アンスレー……はぁぁ……」

ハンスとお父様の溜息が同時に聞こえた。

「父上は俺の部屋に来る前にエーゲイト国王の部屋にも突撃していたのか……」

ハンスは独り言のように呟いた。

ハンスの様子が変だったのは大公殿下が絡んでいたからなのね。大公殿下なりに陛下を止めるために手を回していた。ご自分でお止めになればいいのに……

「兄上、俺は権力争いから早々に逃げた卑怯者だ。兄上の努力を嘲笑うやつがいるなら俺が懲らしめる、それが俺の、弟の役割だ。なあ、兄上！　ハインスはまだ王太子としても未熟、まだまだ可愛い赤子だ。王として赤子を成長させるのも王の定めだ。俺の息子は賢いだろ？」

「ああ」

「ハインスは親の背中を見て育った。ハインスに王として王の背中を見せてやれ。それは兄上にしかできないことだ。なぁ、兄上、今度こそは目が曇らないことを願ってるよ。まあ、ハインス相手にそうなれば俺がハインスを鍛え直すだけだがな！　ハハハッ」

「父上、正直、俺いりました？」

ハンスはひどく疲れたような顔をしている。

「まあそう深く考えるな」

それに比べ、大公殿下は晴れ晴れとした顔で笑っている。

「ハインスリード殿下、これこそがアンスレードですよ」

お父様は呆れた顔をしている。でもどこか大公殿下を自慢しているようにも思えた。どうだこれが俺の友だ、と誇らしげな顔をしている。

「ハハハハッ」

大公殿下の豪快な笑い声が会場中に響いた。

貴族達の顔は「これがアンスレード殿下だ」と親しみのような優しい微笑みを見せている。

「それでだ、国王、例の件だが」

「はい、エーゲイト国王」

「ハインスリード殿下が王位に就いている間は同盟国になり手を組もう。その先はその先の者達が決断するだろう。私達はその先の者達へ筋道を立てよう。だが、ハインスリード殿下はあくまでアンスレードの代わりだと忘れるな」

「はい、心得ています」

ハンス以外を王にするなら同盟国にはならない、いつでも破棄すると、そうエーゲイト国王陛下は言った。エーゲイト国王陛下にとって自分が認めているのは大公殿下で陛下ではない。そして陛下もそれを十分わかっている。

「ああ、それと今まで通り小競り合いには目を瞑れ。それと、ハインスリード殿下、先ほど言った言葉、教えを忘れるな」

「はい、忘れません。身に心に染みついていますから」

「よき王になれ。この国の未来に幸あらんことを」

「ありがとうございます」


今回の晩餐会、隣国のエーゲイト国との同盟が絡んでいたらしい。

エーゲイト国とは同盟国でも友好国でもなく、ただ、友好的ってだけ、大公殿下の存在だけで首の皮一枚で繋がっている状態だったみたい。

今回の晩餐会、この国の先行きを陛下の動向で同盟か決別か、それを見極め結論を出してもらうために開かれたらしい。ほかの周辺諸国の国々も無礼を黙認する代わりにそれぞれ条件付きだったらしい。そりゃあそうよね。晩餐会という外交で得がなければ無礼を許すわけがないわ。

初日の晩餐会がどんなだったかは知らないけど、エーゲイト国王が余興って言ったくらいだからきっとひどいものだったのよね。

晩餐会が終わってから陛下と王妃殿下から謝罪された。

厳しい十年だったけど、ハンスの婚約者になり無駄にはならなかったし、結果的にはよかったわ。

それに……………

「ルドゥーベル殿下」

晩餐会から一週間後、私は地下の牢屋にいる殿下を訪ねた。

「リリーシャか……、私を嘲笑いに来たのか」

「違います」

「リリーシャ、私は何を間違えたのだろうな」

「それを考える十年です」

「そうだな……」

「かの国へ行ってもお体だけは壊さぬようにしてください」

「リリーシャ、すまなかった」

「私も嫌われるのを恐れず、貴方に助言していたら何か変わっていたのかもしれません」

「私も初めて遊んだ日を、あの時の気持ちをずっと持ち続けるべきだった。あの日私の婚約者にと父上に私が頼んだんだ。あの時の気持ちを忘れずにいたら……」

「今さらです。過去を悔やんでも何も変わりません。ルド様、もうお会いすることはありませんが、お元気で」

私は私の十年に終わりを告げた。牢屋から出てきたら、私の愛しい人が心配そうに待っていた。

「リシャ」

ハンスは私を抱き寄せた。

牢屋をあとにした私達は離宮へ戻った。ハンスはこれからも離宮で暮らすと決めた。私もハンスと婚姻後、この離宮で暮らすことになる。

ハンスはあの晩餐会から一か月後、立太子した。

今は一年後の婚姻式の準備をしている。

「エミリオ、王太子の間だけだが私を支えてほしい。まだまだ貴族に疎い私を側で鍛えてはくれないか。厳しく叱咤してくれて構わない。国を民を陛下を支えるために私を手助けしてほしい、頼めるか」

「この身をハインスリード殿下に捧げます」

「ありがとう。これからも頼む」

ハンスとエミリオ様は新たな関係をこれから築く。

「殿下、こちらの書類ですが陛下から一度目を通すようにと……」

お兄様は今までのようにお父様と共に陛下を支えている。ハンスが王になるその時のために、お父様の側でお父様の手腕を学ぶために今まで以上にお父様に付きっきりになった。

王太子のハンスの側付きとして抜擢されたのがエミリオ様。ゆくゆくはお兄様の補佐になりハンスを共に支える側近の一人になる。

——一年後、私を大切に大事にして愛してくれる愛しい人、私も大切に大事に思い愛している愛しい人と共に側で支え合うことを誓う。

この国を、この国で暮らす民やこの治世を守るために、命をかけて愛する貴方に付いていく。

私達を支えてくれる臣下達の前で神に永遠の誓いをたてる。

私達の誓いをすぐ近くで見守ってくれていた神像を背に、この国を共に支える臣下達の横を通り大きな扉の向こう、手に花びらを持って待っている民に向かって私達は歩いていく。

大きな扉が開けば、目の前には護る大勢の民が、後ろには共に支え合う護る民が、晴天の空の下、花びらのシャワーが私達に降り注ぐ。

「リシャ愛してる」

「私もハンスを愛してるわ」

私達はこの国に、この国に暮らす民の未来に幸あらんことを願い、私達の幸せを願う民からの祝福を受け取った。

エピローグ　未来へ……

「お母様」

「かあさま」

愛しい娘マリアーヌと愛しい息子ルイスレードが東屋にいる私のところへやってきた。

「お勉強は終わった？」

「「はい」」

ハンスと婚姻してすぐにマリアーヌが宿り、三年後ルイスレードが宿った。

五歳になったルイスレードは王子教育が始まった。マリアーヌも五歳から王女教育を受けている。

子供らしい時間も取りつつゆっくりと時間をかけて教育しようと決めた。

姉弟で仲よく遊んでいるのを私は眺める。

子供達は走り回り、声を上げて笑い、怒り、声を出して泣く。家族の時間だけは、離宮にいる間だけは、子供は子供らしく過ごすのが一番。

「リシャ」

「ハンス、どうしたの？」

「俺も少し休憩させてよ。アルドとエミリオが入れ代わり立ち代わり、次から次へと書類を持ってきて…………はぁ……」

ハンスは私の隣に腰掛け天を仰いだ。

陛下はまだまだお元気だけど、少しずつハンスに外交を任せるようになった。

だからハンスは最近少し疲れ気味。それでも毎朝の騎士達との稽古には喜んで行っているわ。

「ふふっ、お疲れ様」

「リシャは？」

ハンスは心配そうな顔で私を見つめる。

「私は大丈夫よ？」

「三人目だからって無理は禁物だよ」

「わかってるわ。だから公務を減らしているでしょ？」

私は膨らんだお腹を優しく撫でた。

「そうだけどさ、でも心配するのは別だろ？」

「ありがとう」

「そういえば、ライザン帝国、ついに決まったよ」

「初の女帝誕生？」

「ああ。帝国も揉めに揉めてたけどようやく決まったみたいだ」

「帝国もこれで安泰ね。帝国も女性が王位や爵位を継げなかったから。王の器を持つのが誰かはわかっていても女性が、で長い間揉めていたものね」

「この国も初の女王誕生もいいかもね」

「でも、アメスメリアお姉様がフレディー王子の婚約者にって、マリアをご指名よ？」

「そこは本人の意思次第だよ」

「そうね」

「それにこのお腹の子が王になるかもしれないよ？　もしかしたらまだ見ぬ子かもしれない。誰が王になるか、誰が王に相応しいか、それはもう少し大きくなってから決めればいいよ」

「それもそうね」

ルイスレードはエミリオの子供で同じ年のエステルと相思相愛なの。

だけど婚約者にするのはもっと先、お互いが立場や背負うものを理解して、それでもお互いを思う気持ちが変わらないと、同じものを背負うと、支え合い努力すると決めた時、婚約はもっと成長してから結べばいい。

婚約破棄されるのは私だけで十分。

ハンスは大きくなった私のお腹を撫でている。

「ふふっ」

「どうした？」

「ううん」

ハンスは王太子として陛下を支え、陛下が表立ってできないところを裏で手を回している。裏の顔は私は知らない。私には絶対に見せないから。

お義父様とお父様、二人に鍛えられているからこのまま行くと策士になること間違いないわね。

でも知ってるのよ？

先月ある人の亡骸を陛下がいずれ眠るであろう墓地に埋葬したことを。

秘密裏に、かの国から亡骸を受け取り、この国に、父親と同じ墓に入れるように手を回したことを。

そして毎日会いに行っていることを。

きっとハンスはある人が解放された時に裏で手を貸すつもりだった。

だから他国で生活できるように家の手配をしていた。

まさか亡骸になって戻ってくるとは誰も思っていなかった。

もう思いも何もない。

それでも生きていてほしかった。

陛下の、王妃殿下の、ハンスのために、エミリオだってアーロンだって、お父様もお兄様も私も、皆が心に思っていること。

生きていてほしかった……悔い償いその先のために……

貴方が愛したサラ様は今修道院で頑張っているわ。

貴方に出会わなければ、流行りの小説なんて読まなければ、彼女の人生は狂わなかった。彼女は物語を信じるくらい純粋な人だった。彼女はきらびやかな生活に憧れていたのではなく、ただ恋に憧れていただけだった。

貴方を助けることが自分の使命のように、貴方を純粋に愛した。

ねぇ、見ている？　貴方は孤独になったと思っているのかもしれない。自分は裏切られたと捨てられたと嘆いた日もあったのかもしれない。

皆誰も口には出さないわ。でも、皆が貴方の存在を忘れてはいない。ルドゥーベルという名の王子がこのペープフォード国にはいたと。

私はお腹を撫でているハンスの肩に頭を預けた。

離宮の庭を元気に走り回り遊ぶ、愛しい我が子達を見つめ思う。

この子達の未来はまだわからない。

隣国へ嫁ぐのか、王太子になるのか、女王になるのかもしれない。

大公になるのか、臣下になるのか、騎士になりたいならそれもいい。医者でも学者でも、この子達の未来は無限大に広がっている。

どんな未来へ進もうと後悔だけはしてほしくない。

「お母様、どうしたの？」

「かあさま？」

私がぼうっと二人を見つめていたからか、二人は私の元まで走ってきた。

私は両手を広げ二人を抱きしめた。

「マリアはフレディー王子とどうなりたいの？」

「まだわからない。でもフレディーは好ましいって思う」

「そう」

「かあさま、ぼくはね、エステルとけっこんするの」

「それならエステルを大切に大事にしないとね」

「うん！」

私はマリアとルイスの頭を撫でた。

「あ！　なら私お父様と結婚する」

「まあ」

ハンスはものすごく嬉しそうににこにこと笑っている。

「ずるい！　ならぼくはかあさまとけっこんする」

「エステルは？」

「エステルともしたい。でもぼく、ぼく、かあさまだいすきだもん。ぼくどうしたらいい？」

泣きそうな顔でルイスは私の膝に顎を乗せ、私を見つめている。

「ちょっと待て！　母様は父様の愛しい人だからルイスとは結婚できないよ？　ルイスは愛しいエステルと結婚するんだろ？」

「だってぼく、かあさまだいすきだもん」

ルイスは私の膝に乗せていた顔を上げ、私の隣に座っているハンスを見つめた。

「母様を大好きな気持ちはとてもいいことだよ？　でもね、ルイスがいつか自分の手で護りたいと思う愛しい人が必ずできる。愛しい人を護るためならどんな努力も惜しまない、自分の命をかけて護り愛し抜く、愛しい人が幸せに暮らせるように、安心して過ごせるように、自分のすべてをかけれる人が必ずできる。父様はそれがエステルだといいなと思うよ」

「ちょっとむずかしいよ」

「そうだね。それをこれからゆっくり知っていけばいいよ。マリアもだよ？」

「はい」

ハンスは二人を抱きしめた。

確かにまだ五歳のルイスにはハンスの話は難しい。

「父様も母様も二人を愛してる。それは無償の愛だ。でも心から愛しい人ができた時、父様や母様を好きな気持ちと違うとわかる。愛しい人と愛を絆を築き、一生の愛になる。父様も母様も二人の気持ちはものすごく嬉しいよ。マリア愛してる、ルイス愛してる、愛しい可愛い子供達」

ハンスは二人をギュッと抱きしめた。

「私、お父様もお母様も大好き」

「ぼくも、ぼくもだいすき」

「母様もマリアを愛してるわ、ルイスを愛してるわ、そして母様の愛しい人、ハンスを愛してるわ」

「俺もリシャを愛してる」

私達は四人で笑い合った。

「ルイスレードさま」

「エステル。かあさまいってもいい？」

「ええ」

「はぁ、時間切れか……」

ハンスは溜息を吐いて立ち上がった。

愛しい息子は嬉しそうな笑顔で大好きな女の子の元へ走っていく。

エミリオと手を繋いだエミリオの愛しい娘が、嬉しそうな笑顔で手を振っている。

立ち上がったハンスは大きなお腹を撫で私に口付けを落とし、愛しい娘と手を繋いで話しながら、愛しい息子の後ろを歩いていく。

どんな未来になるのか、どんな未来が待っているのか、それはまだわからない。

それでも、この子達の未来に、お腹の子の未来に、幸あらんことを願って………

この作品に対する皆様のご意見・ご感想をお待ちしております。

おハガキ・お手紙は以下の宛先にお送りください。

【宛先】

〒150-6019 東京都渋谷区恵比寿 4-20-3 恵比寿ｶﾞｰﾃﾞﾝﾌﾟﾚｲｽﾀﾜｰ 19F
（株）アルファポリス　書籍感想係

メールフォームでのご意見・ご感想は右のＱＲコードから、
あるいは以下のワードで検索をかけてください。

アルファポリス　書籍の感想　検索

ご感想はこちらから

本書は、「アルファポリス」（https://www.alphapolis.co.jp/）に掲載されていたものを、
改題、改稿、加筆のうえ、書籍化したものです。

今《いま》まで頑張《がんば》ってきた私《わたし》が悪役令嬢《あくやくれいじょう》？　今《いま》さら貴方《あなた》に未練《みれん》も何《なに》もありません

アズやっこ

2024年　3月 5日初版発行

編集－桐田千帆・大木 瞳
編集長－倉持真理
発行者－梶本雄介
発行所－株式会社アルファポリス
〒150-6019 東京都渋谷区恵比寿4-20-3 恵比寿ｶﾞｰﾃﾞﾝﾌﾟﾚｲｽﾀﾜｰ19F
TEL 03-6277-1601（営業） 03-6277-1602（編集）
URL https://www.alphapolis.co.jp/
発売元－株式会社星雲社（共同出版社・流通責任出版社）
〒112-0005 東京都文京区水道1-3-30
TEL 03-3868-3275
装丁・本文イラスト－ありおか
装丁デザイン－AFTERGLOW
（レーベルフォーマットデザイン―ansyyqdesign）
印刷－図書印刷株式会社

価格はカバーに表示されてあります。

落丁乱丁の場合はアルファポリスまでご連絡ください。

送料は小社負担でお取り替えします。


ISBN978-4-434-33501-3 C0093